A trilogia do amor
betty milan

Obras da Autora

ROMANCE

O sexophuro, 1981
O papagaio e o doutor, 1991, 1998 (França, 1996; Argentina, 1998)
A paixão de Lia, 1994
O clarão, 2001 (Finalista do Prêmio Passo Fundo Zaffari & Bourbon de
    Literatura)
O amante brasileiro, 2004
Consolação, 2009

ENSAIO

Manhas do poder, 1979
Isso é o país, 1984
O que é amor, 1983; *E o que é o amor?*, 1999
Os bastidores do carnaval, 1987, 1988, 1995 (França, 1996)
O país da bola, 1989, 1998 (França, 1996)

ENTREVISTA

A força da palavra, 1996
O século, 1999 (Prêmio APCA)

CRÔNICA

Paris não acaba nunca, 1996 (China, 2005)
Quando Paris cintila, 2008

COLUNISMO

Fale com ela, 2007

INFANTIL

A cartilha do amigo, 2003

TEATRO

Paixão, 1998
A paixão de Lia, 2002
O amante brasileiro, 2004
Brasileira de Paris, 2006
Adeus, Doutor, 2007

A trilogia do amor

betty milan

EDITORA RECORD
RIO DE JANEIRO • SÃO PAULO
2010

CIP-BRASIL. CATALOGAÇÃO-NA-FONTE
SINDICATO NACIONAL DOS EDITORES DE LIVROS, RJ

M582t
    Milan, Betty
    A trilogia do amor / Betty Milan. - Rio de Janeiro : Record, 2010.

    ISBN 978-85-01-08911-3

    1. Romance brasileiro. I. Título.

10-1163.
                                                                       CDD: 869.93
                                                                       CDU: 821.134.3(81)-3

Copyright © Betty Milan, 2010

Projeto gráfico: Luiz Stein Design

Equipe LSD: João Marcelo e Fernando Grossman

Preparação de texto: Mirian Paglia Costa

Foto da autora: Oswald

Composição de miolo: Abreu's System

Texto revisado segundo o novo Acordo Ortográfico da Língua Portuguesa

Todos os direitos reservados. Proibida a reprodução, no todo ou em parte, através de quaisquer meios.

Direitos exclusivos de publicação em língua portuguesa somente para o Brasil adquiridos pela
EDITORA RECORD LTDA.
Rua Argentina 171 - Rio de Janeiro, RJ - 20921-380 - Tel.: 2585-2000

Impresso no Brasil

ISBN 978-85-01-08911-3

PEDIDOS PELO REEMBOLSO POSTAL
Caixa Postal 23.052 - Rio de Janeiro, RJ - 20922-970

Seja um leitor preferencial Record.
Cadastre-se e receba informações sobre nossos
lançamentos e nossas promoções.
Atendimento e venda direta ao leitor
mdireto@record.com.br ou (21) 2585-2002

EDITORA AFILIADA

para Rosa,
que nunca teve medo
do ridículo
e tampouco
de ser contrária a
si mesma — tudo
pelo amor

o sexophuro 8

UM

O Casamento 16

DOIS SE NÃO VÁRIOS

Infância, Adolescência... 34

ENTREATO

O Aborto 42

TRESVARIO OU MEMÓRIA
DO FUTURO

A Palavra 46

a paixão de lia 50

MY MAN 57

O BORDEL 63

A CORTESÃ 75

LESBOS 83

AVE, MARIA! 95

o amante brasileiro 102

Posfácio 227

Agradecimentos 239

O sex

phuro

para Camila

mulher
o corpo em falta
um barco furado
um furo embarcado

UM

O CASAMENTO

POR QUE NÃO IREM PASSAR a noite no apartamento de praia da mãe? Sugeriu e o ex-marido aceitou.

Chegando, teve um ímpeto de entregar a ele o molho de chaves, como havia feito durante anos a fio. Mas, por estranhar agora o movimento, introduziu vigorosamente a chave no buraco da fechadura, abriu e empurrou a porta. O Ex só fez observar parado e entrou, em silêncio, atrás dela.

A presença dos objetos evocativos do casamento se impôs perturbadoramente. Querendo esquecer o passado, saiu da sala para o quarto.

Abrir as janelas, aliviar o mofo, fazer depois a cama. Dobrando-se sobre esta, ocorreu-lhe a mão abrupta dele no dia anterior, por trás, entre as suas pernas. No mesmo hotel onde, vinte anos antes, eles noivavam contra as regras e que, agora, os dois já divorciados, servia de refúgio.

Fez a cama e voltou a encontrá-lo na sala, topar antes nos objetos. O consolo era o que ela havia reivindicado na separação. Sobre a mesa que ali estava, tinha dançado a despedida ao som das *Bachianas*, exibindo o desespero na presença voluntariamente apalermada dele. Naquele espaço, a memória da discórdia se impunha, tornando irrisória a fantasia.

Da sala para a cozinha. Não achou nada no armário que se pudesse consumir. Um uísque, uma zonzeirinha que desmentisse o passado. Onde estariam as amostras de bebida estrangeira que a mãe expunha na prateleira especial? Fechadas dentro do consolo. Nunca tinha ousado tocar nelas, mas, encontrando-as ali, sentiu que podia abri-las. Relegadas ao interior do móvel, tinham perdido a antiga intocabilidade.

De tudo menos uísque: kirsch, conhaque, licor, porto, marrasquino. Proporia diferentes bebidas a ele, embora soubesse que o conhaque seria escolhido. Cabia agora, para afastar o passado, fazer de conta que desconhecia a preferência.

— Grand Marnier, meu bem, Martel ou marrasquino?

Que pergunta mais estranha, considerou o Ex. Ia ela abrir mesmo as tais garrafinhas? Vendo-a oferecer uma, percebeu que sim e respondeu *Martel* simplesmente.

ENTROU NO QUARTO COMO SE o fizesse cotidianamente e o amor ainda fosse um mimo que brinda o sono, espécie de imprevisto previsível, antes bem-vindo do que requerido. Deixou o conhaque no criado-mudo, beijando-o na boca em que ele virou-esvaziou o copo atônito nas mãos de quem nunca bebia de um trago só.

A hora era da nudez que ele lhe entregava, o braço estendido para recebê-la. A paz do seio no flanco dele, de quem está certo do prazer, ela descansou de si, visualizando o passado no interior, sua inocência, longínquas serenatas de uma candura arcaica e despojada. Quis chorar as águas roladas, mas se conteve. Cansada da gangorra em que soçobrava cada um alternadamente, mesmo porque a gangorra já não era possível. Da última vez ela se quebrara, deixando-os sozinhos, um sem o outro, sem a Outra e sem futuro.

Carência de mãos, lábios e de marcas em todas as covas ou dobras, o peito se abrindo num fôlego de ternura. Aquela mulher ficara parada no tempo das carícias perdidas. Viu-a num pôr da tarde ensolarado, sentadinha na pia, as pernas timidamente abertas, e sentiu nas têmporas o calor das suas coxas. Rosa-céu, o tom do que havia sido invadiu o quarto. Apertou-lhe o seio, escorregando os dedos até o mamilo que acariciou como se enrolasse fumo.

Pausadamente e sem ruído algum, ela serpenteou a cabeça até o sexo dele, até mitigar a espera na boca e esta na espera. De primeiro, a inconsistência a repugnava. Só muito depois se tornou um dom que, assim, sem cuidado, alheio à pressa ou à vergonha, só ele lhe entregava.

Sentiu-o palpitar e a língua que fremia. Afastou-se, olhou-o no rosto e soube de si mesma. Apesar da separação, o mesmo desejo moldado no dele, tatuado. O desejo que contornara as outras, a Outra, e não arrefecia. Baixou os olhos e aninhou o sexo dele na mão. Soube-se então terra, orla marítima oferta às ondas, arrecife no mar daquele homem. Tomado, ele impôs a ela um tempo sem pausa, em que só a queria mais e noutro gozo.

Entregou-se a esse tempo e se deixou levar para onde não sabia mais de si, só o que ela sentia contava. Assim, livre do passado e do futuro, fechou os olhos. Afastou-se insensivelmente dele e adormeceu.

ACORDOU LEMBRANDO DA pinturinha de São João — quermesse, quentão e lua cheia — que ficava em cima da cama do casal e depois ela havia visto no apartamento em que ele fora morar com a Outra.

Só por ter seduzido a empregada, tinha conseguido entrar no apartamento. Valera-se da cumplicidade feminina contra a amante, apresentando-se como a esposa do patrão e dando a entender que a outra mulher não o era. Apesar de cedo, vestia-se de preto e carregava na maquilagem para dissimular a contínua ressaca das suas horas, sempre em busca da rua em que o marido toparia nela ou às voltas com a ideia de estar num caixão, morta. Talvez porque levasse no rosto as marcas dessa imagem, encontrou uma empregada permissiva, que em nada se opôs à sua curiosidade.

Não havia na entrada mais nenhum resto ou traço da mudança. Tudo parecia já ter encontrado lugar e, em face disso, ela se sentiu desabrigada. Vergonha teve da própria morosidade e da rapidez alheia.

No viço das samambaias da sala de visita e nos boiões de sequilhos da sala de jantar, viu sobretudo um cuidado que nunca tivera. E ficaria admirando, não fosse o súbito horror da estampa florida do papel de parede, o bucólico industrializado por toda parte. Lembrou do cacto que enviara a ele, contraponto das flores-do-campo. O cacto, de seca em seca, resistiria ao tempo e à Outra. Disso, apesar da tristeza, nunca havia duvidado, ainda que ali a certeza vacilasse.

Emergiu na realidade da empregada cabisbaixa, o olhar pousado nas mãos cruzadas diante de si. Será que estava muda? perguntou-se já indo da sala para o quarto. No caminho, inspirou fundo e afastou a lembrança da antiga cama, soterrou o choro nos pulmões.

Desde que havia se separado, bastava deitar noutra para ser assaltada pela memória do marido, ver no amante o seu simulacro. No escuro, recompunha o cenário perdido, bálsamo necessário ao sono. Mas na manhã seguinte, ao abrir os olhos e enxergar o amante, era invariavelmente um susto. Que ela preferia à impossibilidade de sonhar.

Entrou e saiu do quarto banida, expulsando-se. Foi para o cômodo ao lado, uma espécie de sala de despejo. Cartões de visita com o antigo endereço, cartas, fotos e, no meio das mais diversas quinquilharias, os ex-votos que ele coleciona-va, cabecinhas de barro fazendo menção ao corpo sem saúde, se afinando, ao corpo que já se finou.

Sentiu-se olhada pelos ex-votos e, mais uma vez, fremiu de horror. Quis sair, invadiu ainda mais o domicílio alheio. Abriu uma caixa de charutos e pegou um. Depois, a trans-gressãozinha bem segura na mão, foi fumar na cozinha. Ouvir a empregada. Aquilo da outra mulher? Ora... Não devia se preocupar. Chama de fogo de palha, agarração do demo de que o patrão andava farto, o doutor sendo ele muito pacato.

Tragou o que ouvia, placidamente, apagou depois o charuto e foi embora.

No CALOR DO CAFUNÉ que ele fazia, algo de si menina vin-do pela mão, algo que permitia estar ali sem projeto nem a amargura de não tê-lo.

Ele precisava dela assim, esquecida da dor e dos subterfúgios para simular a sua inexistência. Já na época da Outra, a dor da esposa o amofinava e, ainda que fosse só para se libertar disso, voltaria atrás se pudesse. Odiava a intransigência da mulher, mas a sabia partida e se enternecia, encalacrando-se entre a sua mágoa e o fogo da Outra. Por nada, entretanto, podia renunciar a esta.

Restava lamentar a intolerância da mulher, mesmo porque não tinha como abordá-la. O que quer que ele fizesse para agradar encontrava sempre uma lágrima seca, ameaça dura de separação, nunca uma trégua que o deixasse errar. Da mulher, era o querer contido. Aceitava esperas demasiadas, respostas vagas onde toda a verdade se elidia. A Outra queria dele mesmo a sombra. Direitos não reivindicava, exibia e, à força de exigir, se impunha. Ousava o que ele sequer podia imaginar e por isso o seduzia.

O apelo da Outra era irresistível e, fossem quais fossem as amarras, ele as teria soltado. Só lhe restava conseguir a cumplicidade da esposa. Ademais, podia precisar dela no futuro. Recusando amarras, não queria perder de vez as rédeas.

Daria tudo pela mulher sonada, cujo ódio o ameaçava, vento de tempestade no mar em que ele já havia embarcado e a sua canoa navegava incerta.

Atemorizado, quis saber se acaso a esposa se suicidaria. Ouviu um vai em frente que me mato e não teve mais medo, até enfim a partilha dos objetos, à qual assistiu calado. Uma cena insana em que ela insistia na evocação da história de cada coisa para mais o culpabilizar. Precipitava assim os fatos, mas preferia isso a ser atropelada pela corrida desenfreada do marido que, petrificado, naquilo só via a demência, o diabo, sua danação.

DA MULHER NUNCA HAVIA prescindido, porém era a imprevisibilidade da Outra que o seduzia, ele a sós sobrando na certeza da esposa, na paz implícita, o contrário de sangrar e de existir. A Outra era a cabeça ocupada, a ideia insistindo numa mesma falta, era a escravidão do gozo. A Outra sobre todas por tê-la desejado como nenhuma, pelos desmandos, pela paixão da sua demanda.

Nisso e dado o susto, carecia da esposa. Entrar de madrugada, se embalar no sono dela. Carecia mesmo ali era de nenhum senão, de a encontrar com os olhos já fechados, porque no dito só o amor tão amargo, no olhar só a mágoa, teimosia que arruinava o passado. Devastava até os escombros.

Tentara impedi-la de deixar a casa. Tendo brochado, faltou o argumento. Ia suplicar? Seria ver a casa de fato cair. Perguntou então para onde ela ia. Não obteve resposta. A esposa se encapsulara no ódio e na recusa. Saiu de madrugada para entrar no outro dia, o passo decidido, buscar as malas. Cena a que ele de novo só pôde assistir e onde tudo se invertia. Em vez dele, saía ela. Não se lhe deixava escolha, sobretudo de não ser a Outra, a escolhida.

Ali, nenhum diálogo se podia, ele tendo a espera a pedir, a esposa só dispondo de um *não*. Falar era inútil. Ou o desejo cedia ou a fala de um inevitavelmente desdiria a do outro.

Ir-se, levar as malas, chegar de novo. Tocou, apesar de ter a chave, imaginando que seria calorosamente recebida por ele. Fantasia logo contraditada. À porta, o marido sonambúlico e o eterno pijama listado. O pijama, o presidiário, a cela-casa: um soco na memória. Viu que ele a olhava e viu o olho que engolia a sua fala. Ficou ali muda, com as palavras todas embutidas. Chegara para dizer que o amava e balbuciou que era preciso se separar. Eterno, o marido eternizaria a Outra.

Afastou-se levando o corpo e não fez, venceu o percurso, arrastou um cansaço milenar, carcomida e vazia. Restava-lhe a insônia até raiar o dia, que de sol, chuva ou tempestade não se renovava. Incapaz o dia de nuanças, o tempo girando no torno infatigável da memória, remoinho onde só a paixão de se separar.

Iria amar agora de ódio em ódio, o marido no culto da Outra, no gozo de satisfazer os caprichos todos dela, até mesmo o de alojá-la no apartamento do casal. Motivo para a esposa os flagrar aí um dia, propor então a ele que saíssem, fossem para a rua conversar, deixassem na casa a Outra à espera. Qual nada. A Outra sairia, esperar fora, a esposa ficaria para conversar trancada na cozinha. Era o espaço da antiga cumplicidade que se encolhia, a cozinha que se transformava numa sala de despejos, a do casal.

Não obstante, ficou. Vendo na tranca um sinal de que ele não dizia tudo à Outra.

CANSADA DO MARIDO para a amante, de si amarrada na fala dúbia em que ele insistia, a de amá-la e de precisar fora, saiu, contar isso à Outra. Só o fez para ouvir o que mais não queria. A esposa acaso não sabia das outras todas anteriores? Imaginava ter sido sempre a única? E a Outra detalhou as várias histórias, exibindo com orgulho a nova cumplicidade. Até ser desbancada no ato mesmo de falar, dizer que de tudo ela própria não sabia. Ouvir, nesse dito, que ele driblava todas, fosse uma ou fosse outra.

Considerada, a Outra era qualquer. Vista, uma aura de desejo a envolvia. A aura dele nela, dela. Que estranho prazer o de olhar a rival e estar ali, no calor daquele fogo que a excluía.

Dali por diante, não restava dúvida, o marido a renegaria, mas na falta da esposa a Outra perdia terreno, a paixão que o enfeitiçava sendo a da alternativa, paixão de nenhuma Uma, alheia à culpa e à desculpa.

A MULHER SÓ LHE DEIXOU a mágoa, a tristeza de já não ser a que de nada sabia. Por que imaginava ela mentiras no passado? Nunca houve razão para lhe contar das outras, falar do que acontecera sem palavras. Cada uma das mulheres várias, dito algum, uma simples passagem. Sobrou-lhe o estar agora confinado à Outra, de novo casado, com uma Outra esposa, e a Ex ressurgindo nos detalhes, na memória da acalmia perdida.

Ademais, nada demovia a atual esposa da ideia fixa de desvelar o passado dele. Precisão de escavar o que outrora havia sido. Fez isso, de início, através de fotos, mas tudo o que via estava fisgado num tempo e num espaço cujo sentido desconhecia, apenas imaginava, supunha. Nas fotos, só a pose, o passado só rindo para o futuro.

Desistiu das imagens e passou às cartas. Porém, quanto mais olhava e lia, mais se sentia excluída, obrigando-o então a falar, contar o passado na minúcia do encontro, do sexo e do desencontro, detalhismo que acendia minando a paixão.

OLHOU PARA A EX NA CAMA e estranhou o seu rosto, o talho marcado no canto da boca, a assimetria dos olhos, em desacordo plácido com ela mesma. Nunca soubera de que era feita aquela mulher, se de pedra ou porcelana. Resistia invariavelmente a tudo, embora parecesse quebradiça. Tinha a idade de quem já não a tem, idêntica havia mais de uma década. Se ele não a encontrasse renovada, como agora na cama.

Não tivesse ela sido sua esposa, o silêncio não o interrogaria. Fora ela, a Outra ou ele o responsável pela ruptura? A pergunta o torturava e, sem a amenidade de um sorriso, teria deixado ela sozinha na cama. Até quando ia ele engolir aquele fel?

No marido, o homem de pedra forjado num silêncio omisso, ela via agora uma muralha trincada, nunca a baía serena que tanto imaginara. Ficou aturdida com o que percebeu e teve horror da própria cegueira.

De que forma e quando este homem que ela nunca enxergara havia entrado em cena?

DEIXOU-SE LEVAR pela lembrança. Da primeira vez em que ela o viu, sentiu-se impelida a se entregar, coisa que ficou adiada, tardou a vir. Até que ela tomasse a iniciativa de propor o que queria.

Como só podia ser, foi numa noite de lua cheia, num casarão abandonado. Ele numa quietude séria, o dito engolido, macho que é macho não dando nunca o braço ao desejo; ela seduzida por aquele homem de pedra, sussurrando como convinha, no disfarce do seu querer: o de lhe fazer uma proposta indecorosa, a de si para ele, encontro na esquina, à meia-noite.

Daí, o lugar fixado, ela voltou para a casa de cuja janela pularia, evitando as outras moças da pensão. A janela, o carro e o rumo do hotel que se decidiu da cidadezinha ao lado, onde os dois estariam a salvo do provincianismo que dava asas às más línguas.

O vento frio da madrugada apaziguava o casal. O hoteleiro os acolheria ou os faria ainda rumar até a cidadezinha ao lado? Na segunda tentativa não houve oposição e o hoteleiro quis mesmo mostrar o quarto, motivo para ela o rever nos sonhos daquela noite, a fisionomia imprecisa e um ricto sarcástico no rosto.

Recebeu o parceiro, como o faria depois durante anos a fio, despindo-se para o venha-o-que-me-deres, oferecendo-se às manhas todas do seu gozo. Nesse corpo ele durante anos se afundou e ela se alienou. Tanto que para se livrar da sua paixão chegou a imaginar suicídios vários, enforcar-se no quintal, cortar as artérias do pé, uma fantasia que a tomava de supetão entre um amor e outro. Separar-se sendo o que de pior havia.

Medo de se separar e de o perder, menosprezando-o pelo donjuanismo, invejando-o pelo fogo que acendia, infidelidade de que era incapaz no torno insaciável do homem único, no gozo infinito do mesmo.

Amava-o na incerteza do retorno, esperando-o nas tardes longas consumidas à janela, olhar no vazio da praça, no descampado do horizonte. Amava-o entregando-se toda noite à avidez que tinha, esquecida do tempo até o amanhecer.

CASOU-SE PARA SE ATIRAR da janela meses a fio, maldizer a casa onde ele brochava e ela vivia obrigada a um cotidiano deixar-por-menos, deixar-se adiar. Até um dia já não lhe importar a presença dele, mas o marido, a casa de onde ele saía, onde chegava e à qual dava sentido, embora fosse um hóspede. Assim, imprevisivelmente, a revolta se esvaziou num convívio harmonioso, em que o amor era o da paz e o sexo, semanal, o corpo na ordem do dever, da inexistência da falha e da falta, só entrando em cena como garantia da promessa adiada de si mesmo, um princípio noturno que justificava o arranjo do dia.

Sujeitava-se às presenças e ausências dele, impostas pelo trabalho, obviamente, e sem aviso prévio. Na cama quem dava a batida das horas era ela, o marido devendo aguardar iniciativas. Aninhá-lo e se aninhar no esquecimento. Dormir então certa de ser mulher e senhora dele, fato aliás nunca desmentido, ele justificando todas as ausências, tão convicto da unicidade no amor que o resto não existia. As outras? Apenas um deslize, simulacros do que faltava, nos limites estreitos da hora marcada — o ponto que o sexo batia.

Podia mesmo se afeiçoar, raramente porém, a vez única sendo a justa medida, ele se retraindo diante da insistência alheia, do desejo de perpetuar centelhas. Não que repudiasse as iniciativas, ao contrário, fascinava-o um desejo vigoroso, mas aborrecia ver mulheres seduzidas transformadas em pedintes, no gozo da submissão.

AMARGURA DE PERCEBER que na esposa era impossível o que buscava, o tempo dela sendo o das coisas tiradas a limpo e dos pontos nos is.

Não a culpava pelo que deixara de ser, mas ali vivia desistindo. Teria convencido a esposa a suprimir as obrigações, almoços, jantares onde só o dever, encontro algum, um desperdício de si mesmo e dela que se estiolava a olhos vistos.

Opor-se à ordem da casa significava contudo se opor à mulher, ao destino dos seus dias, o de se consumir nos panos quentes em que o desespero ficava encoberto, esperar e estar para ele, que mais cedo ou mais tarde chegaria. Acariciar-se nela, embora só o cumprimentasse para retomar, não fosse hora de almoço ou jantar, os afazeres interrompidos pela campainha. Deixava-se festejar, mas para carícia tinha hora, que a duras penas aceitara as ausências dele, e era necessário relativizar a presença, uma forma de preservar o convívio zelando pela regra que convertia os impasses possíveis numa impossibilidade consentida.

Em princípio tudo podia-devia ser dito, mas o drama acabava sendo esvaziado pela resposta que ele opunha à indignação da mulher, expressa não para saber o de fato das coisas e sim para insinuá-lo. Doença venérea? *Estranho, certamente contraída no banheiro*, respondia ele. Coexistia-se por um fio, cuja resistência, no entanto, parecia ilimitada, como aliás os sonhos invariavelmente presentes de um além do outro.

Desavença velada, o convívio desdobrava-se num espaço sem risco, e, não fosse a Outra, ela teria permanecido.

NÃO QUERIA O MARIDO, mas a posição da Outra, sua magia, razão para dar ouvidos às histórias de feitiço que o caso suscitava, trabalho feito, segundo a empregada, nalgum sapo cujas pálpebras a Outra costurara para cegar-lhe o marido. Era achar o sapo, descosturar as pálpebras e recuperar o que era seu.

Apesar de tamanha convicção, não se animou a cuidar de si através de um sapo, vendo-se contudo subitamente confrontada a um irracionalismo poderoso que brotava das histórias improvisadas e irreais da empregada, aquela outra realidade de desejos implacáveis como uma cutelada, de uma honra inconcebível sem a vingança e defendida no taco a taco, alheia às nuanças a que estava habituada.

A empregada tinha um senso marcado da propriedade do espaço, território a ser preservado, no braço se preciso fosse, e ela ameaçou a Outra logo que esta pôs os pés na casa, destroçou-lhe um colar de miçangas, para mostrar do que seria capaz caso pisasse ali de novo. Não deixaria por menos, a Outra que se avisasse do perigo. Assim, sem nada dizer, solidarizava-se com a dor da patroa. Estava e estaria ao seu lado, convencida de que se não fosse o feitiço... Afinal, testemunhara anos de vida na casa, a harmonia acima do bem e do mal; tamanha que, da margem onde existia fadada a contemplar, chegava a ter inveja. Não que se amargurasse, a vida ali sendo mesmo o feliz esquecimento da sua dureza passada, da seca e do duro fabrico diário do que se tinha. No emprego vivia segura, bastando para isso detectar o humor da patroa, medir as palavras e falar na hora certa.

Tão perfeita era que só descarrilhou, e pela primeira vez, diante da Outra, sendo capaz então de uma violência inusitada, indomável. A amante era para ela um atentado ao que valia, ao contrato, à palavra dada e ao sossego, razão para se sentir tão concernida, não arredar o pé da casa, insistindo em manter o ritmo do trabalho até o fim, de que aliás duvidara apesar dos indícios diários, livros empilhados fora da estante, malas na sala, roupa sumida do armário, sinais que se negou a enxergar até o irremediável, o caminhão na porta, o carregador, o patrão e a Outra.

Agora, não podia deixar de agir, telefonar à patroa. Para ouvi-la do outro lado se afundar e ser obrigada a presenciar a cena da mudança sozinha, impotente, no apego a cada objeto que saía. Foi enfim dispensada, folga obrigatória, o patrão exigia, a presença da empregada sendo para ele tão insuportável quanto a da Outra. Dois olhares ferinos. Porque se retirava e porque demorava. Podia não se sentir acuado? Acabou levando os pertences por inércia, pois do desejo ele já não sabia.

SEGUIA DEPOIS ESVAZIADO, sem sonho, valendo-se do sexo para afastar a tristeza. O que fora já não era e o haver de ser não se cumpria. Seria de fato outra a atual mulher ou seria a Ex apenas renovada? Quisera uma ruptura, havia se decepcionado. Da paixão restara a Ex e a atual mulher, esta na incerteza dele e do futuro.

A Ex saíra da cidade e não deixara rastro. Só reapareceu porque ele se pôs a lembrar, vê-la como na hora silente do anoitecer, a cabeleira solta e o sorriso nos lábios, ou, como na hora do café da manhã, cantando enquanto o preparava.

O passado se impunha nos lugares e nos momentos mais inesperados, e ele parecia se tornar cada vez mais insensível aos vários subterfúgios da atual mulher para o seduzir. A casa florida e a mesa impecável eram artimanhas vãs. Como as tentativas todas de enredar o cotidiano em projetos futuros.

A QUILÔMETROS DE DISTÂNCIA, a Ex, como a atual mulher, esperava sem contudo perdoar, sem sonegar a verdade de que pela Outra ele não hesitara. Ao contrário, o marido só negara a possibilidade de deixar a rival.

Esperava-o ainda amargando o delírio de ser sua mulher, a fé na falência da Outra, de que aliás nunca duvidara. De certo modo, o delírio lhe servia, bania toda outra paixão, deixava-a hibernar protegida, submersa num mesmo desejo, opaco, indecifrável e necessário, garantindo-lhe o sono, o sonho e a insônia.

Vivia no contínuo desejo do Um, que de um para outro o mesmo passo solitário, a monotonia, o só passado, futuro algum. Saíra de casa para voltar. Sempre certa de que ele só não estava para chegar melhor, redescobrir o viço e o ardor do namoro na cidadezinha. Presa a essa lembrança, ia até o espelho e, como se fosse ele, falava à própria imagem, dizia-lhe consternada o quão penosa a sua ausência era. Ouvia esse dito que lhe acariciava o corpo. Reparava então na delicadeza dos próprios traços, evocando a música que o pai cantarolava, *Olhos negros*, para festejar a sua entrada de menina. Via o sorriso no espelho ou o ricto no canto da boca, a marca da separação.

Só dispunha de si através dele. Por isso, durante anos, temia qualquer senão, todo atraso, postando-se à janela, espiar a rua até vê-lo chegar, a empregada por perto, ali na sala mesmo, no sofá que era cômodo e onde tricotava nas horas aflitas da patroa, ouvindo-a suspirar e dizer, para ser contestada, que na certa existia uma outra. Não, qual nada, respondia a empregada, apaziguando a patroa que depois ficava à janela, imaginando o marido acidentado e morto, vendo-se debruçada sobre o caixão, detestando a cumplicidade que a dor compartilhada no velório lhe impunha. Via o morto, até que enfim o farol do carro a iluminasse.

Agora, arrastava-se, no projeto exclusivo de o reconquistar. Engoliria até pedra, questão de sina. Recuara para tirar de cena a Outra, mas doía como se fosse um fado, resignadamente como se purgasse uma culpa infinita.

Certa da derrocada da Outra, ela ignorava o futuro, o lugar que ia ocupar. Amaria o marido se fosse a única? Disso nada sabia, resistindo à evidência de que sem a Outra o marido se tornara inconcebível, persistindo na ideia de sair vitoriosa, um *motus* insaciável levando-a às vezes a lhe telefonar para ter a medida de si. Sempre em vão, que ele ou não respondia ou se esquivava, no horror de ser forçado a reafirmar a Outra, recusar o *sim* para a mulher, *sim* que a ela bastaria para ver sentido no martírio, prolongá-lo com razão.

A Ex vivia do só desejo da antiga cama, uma roldana onde girava sem nenhum atrito. Já acordava à espera do próximo telefonema para ele, da mesma recusa, na certeza da Outra que queria e podia, era o enigma do próprio sexo e o maior fascínio do outro.

DOIS
SE NÃO
VÁRIOS

INFÂNCIA, ADOLESCÊNCIA...

Primeiro, a rua das putas. Aurora se chamava, uma rua de mulheres à porta, de portas e mulheres, no imobilismo de uma espera que bania os curiosos. Foi ali uma única vez, aos seis anos, levada pela mão que a puxava, devendo então passar como se atravessasse um museu, a rua da qual só restou um odor impreciso fixando-se retido como sujeira.

Depois, foram as mulheres no cais do porto do Recife, a carnação imensa na janela, os seios descaídos à mostra e a língua de cobra titilando no ar, sua isca, um arrepio de nojo que lhe trespassou a espinha. Foram as adolescentes quase meninas da sua mesma idade, num hotel à beira da estrada, os olhos a meio pau, fundos, em que viu a ameaça de algum escarro sanguinolento e a cor insana da miséria.

Só tardiamente soube do corpo como o gozo da luxúria, exibido à meia-luz numa dança para o espelho. O Fugitivo, um cabaré onde o corpo das mulheres se erotizava na repetição dos gestos fugidios, na imagem refletida em que se desdobrava, o corpo e a dança para si, nenhuma falha, desejo ou falta.

Daí por diante, viu no Fugitivo uma franquia, razão do seu muito sonhar, o gozo do corpo só volúpia das mulheres de lá, insistindo no mistério da sua espera e da outra que nelas se espera.

Imaginaria até um dia as encontrar, o erotismo cansado, um triste largaço, afastá-las então de si para imergir num bordel imaginário, em que o corpo renasceria pronto, alheio a todo nojo, repulsa ou vergonha,

imbuído num odor de incenso, o não senso de ser não sendo,

no espasmo em que cada qual falindo existia,

viração de uma virada,

um bordel onde seria a única, ocuparia o centro, leiloaria todas as noites o antigo prestígio de Laís, enfim um harém, vários para si e não por força da lei, mas do gozo insaciável, sua lei, do próprio sexo.

O OUTRO SEXO, O AMANTE, diversidade extrema e medida de si, uma, a escolhida ou a única.

Era bem um torso de homem o que via? Olhava timidamente, no ímpeto contido de o tocar, se desvencilhar da espera, gozo só da fantasia. Imaginando, deitou de bruços, sussurrou o nome e ficou, as costas oferecidas, o nu.

A mão roçou-lhe o dorso e um cheiro de jasmim a ideia. Deixou-se acariciar, já distante de si mesma, no desterro que queria.

Desassossego súbito do fôlego embarcando-o para o fim.

Nele reconhecia o que fora, o menino, o sexo único que existia na infância, o tempo em que viveu na só paixão da ignorância e no culto do pai, que não obrigava a saber, propiciava as bolinhas coloridas de gude, cobiça dos meninos, ou o cavalo em que montava para ir pelas estradas de terra batida, como se pelas escarpas mais íngremes do faroeste.

Assim, na ignorância da diferença dos sexos, viveu até o seio despontar na pedrinha do mamilo, um incômodo e um desdouro, indício de um futuro que ela temia e a fazia querer os seios, não para ser mulher, mas para escapar à ameaça de vir a ser. O nodulozinho, uma excrescência que a desmentia, o ser sem sexo ali se esboroando, ela exposta a contragosto.

VIERAM O SEIO E O SEXO ASSÉPTICO que a mãe lhe contou para mais despertar a curiosidade, sempre só satisfeita nas histórias da empregada, do sexo como a gravidez indesejada ou algum moço impossível cultuado como um ídolo, fanatismo que a horrorizava, um malefício, coisa tão estranha, só da empregada, que dia após dia ela precisava ouvir. Até se enfeitiçar como nem ideia tinha, ficar então cotidianamente à espera de alguma aparição do moço, sujeitar-se a essa nova urgência. O que fosse, só para vê-lo de passagem, na rua, no empório, no jornaleiro ou mais remotamente numa festinha, mesmo porque houvera o namoro no cinema e ela não via motivo para ele ter desaparecido. Não havia então sido bom o ombro na mão, o rosto no ombro e a boca na dele, assustadiça? Desentendida, na fixação de o querer querendo-a, assim ficou até encontrar o próximo que era outro pela ousadia das carícias, até descobrir nas vergonhas o corpo e o redescobrir na insaciedade, desejo ainda de se entregar e se espelhar nas juras, tardes longas na rua deserta e sombria, ao abrigo no carro de algum olhar que os denunciasse, o namoro livre contrariando as regras sem contudo de fato transgredi-las, o só contorno, a boca, os seios e as pernas, jamais o hímen.

O amor? Foi primeiro o gozo do impossível, do corpo inter-
ditado que o namorado enaltecia, fruição dos prolegômenos
na idolatria do que se adiava, feitiço de todos os dias até o
consumo da tarde, sempre no ponto de transgredir, realizar
o que urgia, o gozo do sexo que por fim se deu e os separou,
ela tendo nisso renascido para se dispersar, querer outros e
topar nele, o que estava irremediavelmente perdido, e a olhava perplexo, via a namorada imaginar agora o mundo, esquecida da rua e do quarteirão, senhora de si, alheia a ele, seu
servo ao lado, alheia às promessas que a fantasia contrariava.
Não que não o quisesse, mas ali o desejo já havia culminado,
e era só a lassidão, memória do viço passado.

Na recusa das convenções, sairia à cata de si, para de novo se
encontrar no dito de um outro, jurando que, possível fosse,
dedicar-lhe-ia a existência, a cada seio ou cova, cultuando a
mulher que ele enternecia, o corpo onde, devoto e desvaira-
do, sorvia o prazer e se afundava.

Só então, e através do que ouvia, na paixão renovada da escuta, soube da sua diferença, negada no menino que fora,
depois e ainda não dita. Soube que não podia como ele se
saciar. O orgasmo? O que era esse gozo por ele sempre men-
cionado? Como aí se reconhecer?

Fosse como fosse, dificílimo era sair da cama em que des-
cobria o corpo, se separar do namorado para atender o pai,
chegar impreterivelmente na hora marcada, correndo o risco
de ser descoberta ou de tudo confessar.

Do SEGUNDO NAMORADO se separou porque ele quis. Tempo
foi de estar solta, escapar-se num orgasmo que a impressio-

nou por saber do que havia sido só uma ideia, o não mais, onde repentinamente se acabava.

Itinerou sem rumo até enfim se reencontrar noutro, querendo o que só ela podia dar, sua escuta, sorriso ou palavrinha. Soube-se imprescindível, imaginando que o era por ser a Outra, porque o amor ali enredasse três, fiasse o imprevisível previsivelmente.

A cada encontro de novo um azul pastel e uma aura no que via, levitação no sulco enfim viável da alegria, em que ela numa oferta de si deixava-se contemplar e ele, adiando-lhe o prazer, mais e sobretudo a adorava.

Um sonho eterno, não fosse o desejo do gozo para se saber amada, o mais e mais que o queria e o quanto, por amá-la, o gozo pouco lhe concernia. Fosse possível ser sem sexo, escapar à sina trágica de fruir, ser como o santo que está predestinado a rir.

Fosse não era...

E ele, uma faca sem gume, torturado de ciúme, como o pai, que lhe interditava os passos, a fala, o olhar, impondo inesperadamente uma clausura — o pai contra o moço, contra ela, o capricho e o desmando contrariando a fantasia.

ENCONTROU ENFIM O CENÁRIO onde todo gozo se podia e não havia interdição, onde o amante, os cabelos alumiados, embarcou na mulher cujo rosto ela não viu, só o dele contando, suas feições contritas no prazer que a excluía, a revelava para si através da outra, que ela agora também queria.

Arrastada pelo olhar,

rolando como um seixo,

tocando-lhe

já os seios

carícias de que ela não tinha ideia e degustou no só desejo de vê-la consigo fruir, redescobrindo-se nas ligas e nas rendas, seu feitiço, dissimulação do que a si e à outra faltava, esconderijo do furo onde o gozo urgia e ela não.

Assim, de fenda em racha e pelas covas submergiu numa espiral até o descalabro, amou-se na mulher e mais o amou, ali onde o sonho era o que ocorria.

A outra, o fascínio das volutas, suas mãos alongadas nas unhas carmesim, o brilho fictício dos lábios, onde pousou adivinhando-lhe o desejo já alhures, insatisfação sua e dela, toda carícia mencionando a que ainda não se lhes fizera, na volúpia de um mais e insaciável querer.

Amou-a para se entregar a ele como se fosse ela. Por que não? A outra através de si para o amante, que não lhe reconhecia o desejo de ser a única e no entanto muito a queria, esta única mulher que tudo permitiria e cujo nome, antes do fim, para evocar o amor, ainda uma vez, ele dizia.

ENTREATO

O ABORTO

No RITMO MONOCÓRDICO da paixão, abrigava-se no casulo que o fio do passado produzia e reproduzia, insistindo numa história que de tão remota se esfumava. Quem o marido? em que sorrisos ou palavras existira, onde ele, que não chegava?

Dois anos para enfim o reencontrar. Viera a pedidos, disse ele. Tendo tido que despistar a Outra, agora sua mulher. Talvez por isso estivesse contrariado, permanecesse insensível à lua cheia de janeiro que se refletia no avarandado onde ela o recebeu e ele ficou calado.

Onde o recomeço agora que o encontrava sem dizer algum? ouvia do silêncio que já não era casada e submergia no desespero de não ser?

Fixou-o contudo à espreita do que vinha. Sua presença não era então a evidência de que entre ele e a Outra um racha havia? uma paixão mais do que finada? E, ao ouvir que eram fátuos os fogos da Outra, não se surpreendeu.

Desejo ele teve da antiga cama, do mesmo corpo que, através do prazer, se rememoraria, o só ponto de encontro desde a Outra, desde que dito nenhum se podia, a Ex insistindo no delírio de ser sua mulher, ainda que isso tivesse sido vê-lo entrar, trocar-se e sair, até um dia afastá-lo de si para soterrar a espera.

Certeza ela teve no avarandado de que a Outra não ocupara o seu lugar, nem de fato, nem de direito. A Outra, no entanto,

continuava a significar o abandono onde permanecia enca-
lacrada, no tempo sem a fresta da amargura.

Só POR ESTAR PERDIDO, o marido havia insistido em ela ser tão necessária, talvez para esquivar-se do absolutismo da nova paixão
ou ainda porque esta se tornaria impossível na falta de quem o
escudara contra as outras e era a condição da Outra.
Não era então para o liberar que a esposa existia? servir ao
que era Um também por interditar os outros e assim ela mais
queria?
Na falta dele, na da antiga espera, nenhum ou qualquer um
satisfazia, encontros para dizer adeus, saber aí de si como a
Ex, itinerar à procura de um lugar, em busca da menina que
fora, com o rosto de menino, o corpo anterior à travessia, a
ignorância do sexo e da morte, devoção ao pai perdida.

UM AMANTE E MAIS OUTRO que a surpreendeu, a mão imagi-
nosa dedilhando-lhe o ventre, insinuação do futuro, veio por
onde escorregou enternecida, sem saber qual dos dois ali era
a mãe, sem na realidade saber quem esta.
O filho concebido então não havia sido o que ela não pôde ter, o
ventre onde não o imaginou e os seios túmidos que ela não quis?
Porque, ouvindo do marido que só a ela cabia decidir se dava ou
não à luz, deduziu um tanto faz, um filho cujo nome o marido
até daria, de fato não reconhecia ou desejava.
Assim, foi preciso desfazer-se daquela raiz, do filho só da
mãe, do estranho se entranhando nela, arrebatando-lhe o corpo, razão para o aborto ter sido um parto, o de si mesma acor-
dando certa de que renascia.

TRESVARIO OU MEMÓRIA DO FUTURO

A PALAVRA

O CORPO SE ERIÇANDO EM VÃO, ressequindo-se na falta de outro, à espera dele, na repetição desse mesmo devaneio, na
ideia fixa da exclusão da Outra, do ventre onde a fantasia à
procura do ser e o passado que se refaria
fora a Outra que o marido só para si ela queria
a Outra nunca sonegara a imaginação, pediria o impossível,
far-se-ia de novo amar simulando o que não era, o esquecimento da chaga que nunca a esquecia
ruminando a espera até a Outra vir a ser apenas uma e a espera,
danação passada, fogo onde durante anos havia se consumido
na ilusão do marido e repentinamente se apagou
a Outra, quem esta? não existira desde sempre? desde que
para outrem se soubera, para a mãe, a quem faltava o pai e
ainda o filho que ela não era
a Outra, um arrepio que lhe arrancou a pele, fez dela a nota
de uma partitura,
ser apenas uma...

renegada pelo marido, usurpava-lhe agora o nome, fora da
lei, desesperando-se de um lugar
desde que se separara errava levando-se levada pela mesma
nostalgia

o drama de não ser a santa que esta na sua devoção só de não morrer morria

o drama de ser sexuada, insistir no gozo, a lei da tirania

o pai, memória de um sorriso irônico a desafiando a ser, e ela, para ser mulher, na oferta da imobilidade, à espera do filho para se redimir do nojo do sangue e do corpo, do fogo em que ardia impudente, estado de cio

assim encasulada tecia o fio da lembrança, da falta que insistia, do filho que ela não tinha, não podia, o pai sendo uma dívida da mãe, ela descasada, no impossível fabrico do único novo que existia, o filho sua raiz, a quem ela como outrora a mãe se entregaria

que dizer? do filho que no ventre não, dado só à Outra, à mãe, cujo império se estendia, estirando-se o corpo num arremesso para o que viria

do marido que se fora impondo-lhe a liberdade tirânica da autoria...

na impossibilidade de ser a senhora, dele a mulher, vísceras que o desuso putrefaria e a escrita multiplicando as solidões, a cada linha gozo da mesma ladainha, se não mais e ainda de se ouvir

urgência daquele dito que jorrava, à escuta de si, sob o comando imperativo da palavra

por querer o marido, odiara-se, consumira-se numa mesma gira, movida pelo desejo arcaico de se esfolar

querendo-se, abria-se na escrita para o que lhe era dado ser e não sabia, na recusa do antigo gozo que a desservia, fé na errância, na língua que do próprio sexo ela enfim falaria

a língua materna, ocasião do gozo primeiro, o de ser entre
os outros um, o dizer resgatando o ser do não
travessia nova, a escrita escuta à cata da palavra, sua própria, onde o antigo drama se esvaía, adeus à clausura do
apego, a ele e à Outra, no torno do que mais precisava,
saber de si o desejo qual era
pulsando através da memória, enquanto o amanhã se ur-
dia no saber do que queria, o nome próprio e a palavra
que o sustinha
o desejo que agora se escrevia, exigindo-lhe o gozo contido do corpo na letra, sua memória do futuro
o real de um furo que se repetia
o sexo furo onde só a falha de garantia
a escrita retomando o passado na dispersão das cenas,
corrimãos do dito onde a palavra impossível outrora
deslizava
a história redoidamente, aparições do já ido, um ritmo
que se repetia para se fazer ouvir
o eu que na recusa da antiga mordaça ali se dizia
retorno ao país, poesia natal, canção da sua pena, onde
o sexo das suas fraquezas e no fim imperativamente o
recomeço
uma renda de bilro o que ela fazia, só-letrando no contracan-
to nunca,

nunca te esquecerei...

*　　*　　*

a paixã

o de lia

*para Neide Archanjo
e Alain Mangin,
pelas tantas vezes
que um e outro
me fizeram ver
o mar*

Je veux dormir,
dormir plutôt
que vivre
Dans un sommeil
aussi doux que
la mort

Baudelaire

MY MAN

Quando o esperado, o amante de Lia, o meu? Auréola de cachos negros, tez morena e olhos glaucos será? Um anjo cor de jambo. O sorriso para saudar o encontro e, me vendo, o olhar de quem enxerga um cenário sonhado. Uma mesma voz melíflua para dizer *sim* ou até *não*, querendo ser amado sobretudo. O amante, quando? O que, no meu sonho, Ali se chama.

A — L — I, as mesmas três letras do meu nome.

Ali, o que, me vendo ou me ouvindo, saberá dizer: *A tudo eu prefiro te amar*. O homem para esquecer o que me falta e vir a ser quem eu desejo. Juntos, eu e ele, viveremos na ignorância do que fomos e desatentos a qualquer realidade que não a nossa. Nunca me lembrarei do relógio e não me importará sequer o fato de ser dia ou noite.

O amante para que eu, com ele, possa me transladar de um a outro sítio, ver as cores todas na espuma branca do mar. Ser a itinerante e alcançar o Oriente Extremo, aí ouvir o alaúde e tomar chá de menta ou, numa casa chinesa, entrar no paraíso fumando ópio. Ali, para atravessar os continentes, largar do porto ousando o mar alto e, depois, ao porto retornar. Com ele deixar de ser quem sou, me tornar cigana e ser a vidente. Uma bola de cristal eu terei para antever o futuro e perpetuar, me transfigurando se preciso for, o elo presente, ora sendo a dos lábios de fogo, ora a das palavras de mel.

Outra que não eu, por me fazer amar, Ali me fará ser. Por amar, outro forçosamente ele será.

Mesmo nos dias de quarto minguante, com Ali eu verei a lua cheia. De *smoking* e gravata-borboleta ele estará sempre, ainda que, na realidade, esteja de outro modo vestido. Pode a noite em que o meu homem chega não ser de gala? não estar eu de longo esvoaçante? arminho nos ombros ou um rabo de sereia?

Champanhe. Verta ele da sua na minha boca o champanhe e a língua abrupta com que me fará fechar os olhos, me deixará sem nenhuma palavra que não seja Ali. Ficar enfim sem palavras e bendizer calada o fato de nada poder dizer. Ouvidos eu então só terei para o silêncio e para *My Man* na voz mareada de Billie Holiday.

Que Ali me beije os lábios, odor de tabaco me envolva, e escorregue com a língua até a garganta, me satisfaça a primeira gula. Ponto, parada. Meia dose de conhaque Lia quererá? Creme de menta ou Ginger Ale? Suco de limão na falta de leite de coco.

Seguir no ritmo dele, passo a passo entre azaleias. Colher uma e, com a pétala, acariciar-lhe a face esquerda — ficará assimétrico, querendo na outra a carícia, pronto a comigo se ausentar. Não iremos a Roma ou a Paris, pois no Tibre ou no Sena não há nenhuma ilha onde possamos estar inteiramente sós. Antes nos perdermos em longínquas dunas tropicais para que a nossa hora seja só nossa. Irmos para onde o céu aparecerá através da copa escancarada de um buriti e o silêncio será para ouvir as ondas do mar, esquecer que a nós só o tempo precário da duração é dado.

ME BEIJE, ME ENVOLVA e se afaste para olhando me apalpar o seio-cabaça da direita, beber depois o mel do bico intumescido no seio esquerdo, o do coração. Me prenda o mamilo entre os dentes, deixando que eu, entreaberta, acaricie com a alamanda o meu botão. Deslembrada do que não seja Billie Holiday, entregue à boca dele e ao meu roçar, desejando que ele adie o gozo e se satisfaça com o adiar.

Mel de acácia no rego dos seios e nas pétalas da rosa entreaberta. Perfumar assim a língua dele, prometendo ser flor de laranjeira depois. Ser todo dia outra e com isso escapar ao tempo. Lia, Lúcia ou Lia Lúcia para beber na fonte de Juventa. Apegada ao que sou, eu logo morreria. Num dia o vestido colante, negro. Noutro, de branco transparente. Às vezes de cabeleira solta, auréola de cachos; outras de peruca ruiva, um anjo imprevisível, do bem e do mal.

O SÓ DEDO NOS MEIOS e ele me abrirá a porta do paraíso. *Lover man*. O torno contínuo e nós sobrevoaremos o areal ao som de uma Billie nunca antes ouvida, Billie My. *Lia*, ele me diz, e me beija com a boca umedecida na rosa, oferecendo o sumo das entranhas.

Bebe, mulher, as cores do arco-íris e vem comigo ver o Hudson, atravessar o Central Park e ajoelhar no pequeno parque que o grande abriga, Strawberry Fields, onde Yoko Ono perambula invisível à procura de Lennon, a do cabelo negro cobrindo a nudez, dos olhos vidrados de paixão e das mãos para o céu.

QUE ALI ME DEIXE ESTAR de borco e se deite sobre o meu corpo. Me alise depois os flancos dizendo *Te amo, Lia Lúcia* até que eu me erga e me arreganhe e ofereça a segunda porta, *ai*. Billie Ai para *Lover man*.

Não haverá porta de entrada que não nos convenha e nenhuma que deva permanecer fechada. De todas nós nos serviremos.

Que ele, adiando o fim, se retire e permaneça silente na cama, comigo ouça o Hare Krishna. Me deixe aspergir os lençóis com essência de jasmim para que o Kamasutra se lembre de nós, possa o nosso rito variar... Manga ou abacaxi? *Maracujá*, responde Ali.

Pelo rubro transparente eu tomarei o Campari. Com este, pincelar, sentada na cadeira, a fenda cor-de-rosa. Os joelhos entreabertos, apartar os lábios e me olhar no espelho, deslizar o dedo pelo meio e degustar. O suco é esse, dirá Ali, que quer ser o espelho antes de beber. Que eu me veja no olhar com que ele me fita a fenda.

Só me restará agora fechar os olhos e o receber, acariciar-lhe as nádegas e as pernas, colher lírios em tal alcova. Sendo dois, nós seremos um, engendraremos Mozart ou Paganini ou Brahms. A noite então parecerá nunca ter sido longa ou negra.

O acordo entre nós poderá existir sem nenhuma coincidência, cada um se entregando despreocupado ao próprio gozo. Mas também poderá a coincidência ocorrer e o tempo ser simultâneo, como o das gaivotas em revoada. Uma cama que ora será de um jeito, ora de outro, mas onde adiaremos repetidamente o fim e Ali perguntará o que mais eu quero.

Ser tomada por quem ele desejar que eu, ao som de Billie, seja, e tomar continuamente a droga destilada pela voz. *Heroinwoman for me...*

ALI PELA PORTA DA FRENTE, a primeira, ao som da mulher de
ébano, esteja ela eufórica ou entregue à sua melancolia, serena
ou enfurecida; seja ela um anjo negro ou a endiabrada.

Ouvir a cantora imóvel da gardênia branca nos cabelos e do
balanceio de ancas com que ela se equilibra no fio da melo-
dia. Ingerir continuamente o filtro, a droga de ninar, a nota
azul, o blues. *Laaaaaif* e não *life*, a palavra no canto feito
nota — notavra.

Billie, para que eu possa ser mais impudente,
Lady Day
a voz de Lady para mais excitar o meu corpo
sem voz
a Dama que cantando de tudo se lembra:
de si *little nigger*, negrinha, e do silêncio do
estupro aos dez
do telefone *trin*, aos dezoito, para a *twenty*
dollars' call girl,
putinha
da ordem de só entrar pela porta de serviço
do grunhido dos porcos que ela, internada no
reformatório de drogados, guardava
das botas da polícia no quarto do hospital e do
tilintar das algemas nos seus punhos de mulher
agonizante, adeus, *farewell*

Que, ao som dela, *My Man*, ele me abrindo o caminho do
meio se esqueça de si, eu levitando me perca e, segredando o
nome do amado, ouça a voz que tenho.

O BORDEL

AO BORDEL, AO FUGITIVO, onde, tomando o desconhecido pelo homem que eu espero, terei a ilusão de ser amada.

Sexo individual ou conjunto. O cenário de uma alcova de paredes nuas ou uma saleta giratória espelhada para você nunca deixar de se enxergar. A luz indireta de um abajur ou diretamente projetada, fosforescente. Cama de linho branco e monograma bordado à mão ou divã cor de vinho, aveludado. A cabeça num travesseiro ou numa alcatifa de seda branca, debrum dourado, e o sonho que sonhares.

Por que não um de nome Li, um chinês?

O ir e vir do dedo até o arremesso numa praia longínqua, onde o tomo por outro, e, só o que o comparsa quiser, eu quero. Me ensandece, mulher, e depois jura que me ama.

A jura no bordel. Diga que me ama para que eu não seja *nemo*, ninguém, e você, então, tomando-o por quem você desejaria que ele fosse, diz *Eu te amo*. O faz de conta para velar a realidade, ele esquecer que passa por outro e eu que ele é apenas um simulacro.

O ESQUECIMENTO DA FALTA a qualquer preço e de que estou prometida à Morte. Os bordéis todos para ignorar que, dando à luz, a mãe só me deu certeza das trevas. Quem, sem evasiva, pode suportar a arbitrariedade da Grande Outra? A hora dela para todos será a hora. A única regra, Deus meu!, que nenhuma exceção confirma.

Li, o chinês, o vinho e o véu para esquecer a sorte. E morrer na hora em que eu determinar; barbitúrico e champanhe, gole a gole, um ruído de água marulhando na vitrola, ou um tiro na têmpora. Sem drama, como quem nada tem a perder porque já se sabe perdido desde sempre, não quer barganha com o Tempo e não se ajoelha em nenhum altar confirmado.

O SÓ FERVOR DO FUGITIVO, onde, me beijando a pomba, Li se diz que sou feita para o seu voo, sou perfeita, inteiramente sob medida.

A corte sem palavras, do corpo para o corpo, e é Li que me deita na mesa para, no meu antro, introduzir bagos de uva gelados. O frio? Me tonifica e mais ainda o enrijece quando ele amassa, com o sexo, os bagos roxos, extraindo, ao som de uma valsa conhecida, o vinho das entranhas. A tentação de Strauss, que desejava oferecer num chão de feno à sua Dama, como à singela camponesa, um coquetel de sêmen e morangos por eles colhidos, morangos silvestres.

O feno ou o divã cor de bispo, aveludado, na sala de espelhos do Fugitivo, para eu me olhar, ver o roxo escorrido pela fenda e, sozinha, afagando os seios, me reacender... Li saberá acariciar o dedo com que roço o botão e me dou o meu gozo enigmático. Ao som de Billie

Teach me tonight...

Ensina-me esta noite...

Help me solve the mystery of it

Me ajuda

a resolver tal mistério

Li ou algum outro que possa me iludir. Olhos cor de violeta e mecha branca. De nome Laio, por que não? O modo? De quem está para o que der e vier. Poderá assim me propor o que eu desejo, me servir na realidade a fantasia.

Despida, sem vergonha das vergonhas, me aproximo de Laio com uma outra que comigo se assemelha: Laís. Possa Laio nos olhar, supondo talvez, pela cor morena da pele e pelos cabelos negros escorridos, que somos duas icamiabas.

O meu dedo em volta do bico do seio dela, direito, esquerdo, o bico do céu. O dedo nos meios até que o rosto de Laís se transfigure e eu, na terra, veja um anjo.

Que ela depois me umedeça a corola e a deixe para outro abrir, para Laio, que se adentra dizendo *Lia*, enquanto secretamente eu me entrego ao que não está.

Onde mais Laio agora me quer? Na segunda porta? Me viro e me ergo para oferecer a brecha. À maneira de um abano, vou me desancando de um para outro lado. Ora côncavo o flanco de jambo, ora fundo, arqueando-se convexo. Quanto mais ele puder, melhor. Que me tome longa e veementemente, seja lento e sorrateiro.

O Fugitivo, um bordel onde nada ultraja e não se sabe o que possa a vergonha vir a ser, a ideia do pecado é aberrante e não há fantasias sacrílegas, onde os gostos não são cruéis e não há sangue ou vômitos ou lágrimas.

O Fugitivo não é o bordel da *História de O*, não é o fatídico Castelo de Roissy, onde O só existe para obedecer aos imperativos de René, satisfazer o amante. *Tire as ligas, eis as jarreteiras*, diz ele no táxi que se dirige para o Castelo. *Abra o cinto e tire a calcinha... Suspenda a combinação e a saia para estar sentada diretamente sobre o banco.* E o táxi continua, sem que ela sequer ouse perguntar por que René não se mexe e não fala, ou por que deve ela permanecer imóvel e muda até Roissy. Aí, e só aí, **O** se saberá destinada ao chicote e se deixará chicotear até as lágrimas.

O açoite e as lágrimas sim, o prazer nunca. Só dor física e moral para **O** que, tendo apanhado, é entregue a quem a desejar — de joelhos, o torso para a frente e os rins para o alto, uma venda nos olhos. Até que o amante, de braguilha já aberta, se aproxime dela e ordene: *Diz eu te amo e chupa depois.*

Que **O** se deixe acorrentar e algemar
se sente, se abra e, cabisbaixa, repita *Eu te amo*
permaneça de lábios entreabertos e,
de joelhos afastados,
acaricie a ponta dos seios enquanto, no rego, o amante derruba a cinza quente do cigarro
deslize a mão até o púbis e exiba o botão
se ajoelhe, fique de quatro e se deixe violar
aceite a humilhação de ter que se entregar diante do amante a um outro que ela não ama
considere uma honra ser assim tomada por quem quer que seja
consinta em se deixar marcar e exiba as marcas da escravidão
se sinta insultada por quem desprezar a
sua condição de escrava

O sexo sujeito a mandamentos e o amante venerado como um Deus. Os dez mandamentos de René! Santa, santa, santa é **O**, Notre-Dame de França, o país que só com o chicote concebeu o bordel.

O, PARA SE SABER AMADA, precisa obedecer, e o amante, pelo mesmo motivo, mandar. A paixão da obediência, Deus meu! A paixão escolar e monótona da ordem. Sim, **O** entra no bordel para se abrir, exatamente como entraria no internato para se fechar, sujeita a imperativos. René não passa de um mestre-escola, **O** é sua melhor aluna, e o Castelo de Roissy só existe para evitar a desordem da paixão.

Nada a ver com o Fugitivo, onde o sexo não sabe do chicote e não segue regra alguma. Da *História de O*, só o sutiã de fecho na frente, na cova dos seios, Laís quereria. Imagine Laís não poder, como em Roissy, cruzar as pernas ou apertar os joelhos. Com o tal sutiã e sem calcinha, sapato de pelica, salto alto e bico fino, ela se balança, cruzando na subida as pernas e descruzando já quase no chão. *Não vem que tem*, parece ela dizer, convidando a olhar.

Nem ser **O** e nem alguma outra mulher que fosse um René no feminino, escrevesse, por exemplo, cartas ao amante que parecessem mandatos: "Gostaria que você repetisse: A Senhora está precisada. A Senhora deveria se deixar comer e, com isso, logo se acalmaria...". Ou então: "Você irá para a sala, exporá o seu sexo, se masturbará e ejaculará quando eu disser: 'Fogo, atirar'". O imperativo para tal mulher, A Senhora, gozar: vá, exponha, se masturbe, ejacule, atire... A sexualidade mais do que regrada, na mesma paixão da ordem do Castelo de Roissy.

Venturoso o Fugitivo e sua desordem, o sexo imprevisto e imprevisível, avesso à monotonia e de todo alheio à moral.

O BORDEL COM LI, Laio ou outro que, tomado por um langor oriental, me abra um leito de seda cor de vinho, suntuoso, onde eu entregarei o corpo para mais e ainda imaginar o esperado, assim o encontrar. Que eu possa repetidamente me deitar nesse leito, me cobrir com a folha da vinha e me deixar envolver.

Li, Laio ou Dali e uma cachorrinha — por que não? — das que sobem pela coxa, giram e afundam no meio a cabeça, roçam no botão o focinho e depois na rosa ainda fechada; uma cachorrinha que poderia Chegança se chamar.

Olhos fechados, me deixo envolver por Dali, imaginando que estou em Nova York, de patins, entre táxis amarelos, que vou do edifício do pico aberto em leque — o que se chama Chrysler e lembra a Espanha — ao outro, da pirâmide de cristal no topo — o que fumega ininterruptamente —, ao Rockefeller Center olhar, de cima, os edifícios coroados, o do chapéu de bispo e o da esfera armilar dourada.

Um *Jack Daniel's*? me pergunta Dali.

O *bourbon*, enquanto Chegança, com a língua, me umedece o botão e Dali, com a ponta dos dedos, me toca o fundo. Sempre ouvindo Billie, sobrevoo de helicóptero o porto do rio Hudson, vendo uma lua branca no céu e me perguntando se pode a outra, que vejo na água, não ser igualmente real.

Dali me separa as pernas e, só com separar, me reacende no meio a labareda. *Naaaau, Agora*, na voz de Billie, e é Dali apagando no meu antro o próprio fogo, ora na boca do túnel me dizendo *Lia*, ora no fundo sussurrando *Paixão*, me atirando molhada numa praia longínqua, onde não sei da história que tive. Só do navio que acaba de singrar resta a memória e da estátua da Liberdade, maciço verde-bronze num pedestal de pedra, coroa de espinhos e o braço alçado pela tocha.

Lia sou ou Lia Lúcia? indago, abrindo os olhos e vendo que no Fugitivo Li me espera com Laís, Laio e também Dali. Hora coletiva das volúpias, em que a ninguém importa saber quem é quem. Sobretudo esteja comigo sendo irreal, datado de um outro tempo, originário de um país que não existe e onde o sol fulgura sempre à meia-noite.

Mais um drinque e a voz de Billie para lembrar o que a imaginação pode.

I bought you violets for your furs and it was spring for a while
Violetas eu trouxe para as tuas peles,
meu bem, e a primavera de repente se fez
Remember?
Você se
lembra?
I bought you violets for your furs / there was April that December
Violetas eu trouxe para as tuas peles, e o inverno foi então primaveril

DEZ OLHOS CINTILAM na penumbra como luminosos. O silêncio requer o tango e é com Gardel que a festa continua.

Y todo a media luz

Crepúsculo interior

Que suave terciopelo

La media luz

de amor...

Ouvindo o divino cantor do cravo vermelho na lapela e do eterno cigarro na mão, Laio contempla Laís que encosta os seus lábios nos meus, assim me faz mais ouvir Gardel e me leva para Buenos Aires.

Numa casa de tango, um homem de terno escuro e brilhantina no cabelo canta a dor que ele não chora diante de um outro que medita sobre a sorte que não teve, enquanto um terceiro abraça, para dançar *La cumparsita*, uma mulher que tudo espera do amor, como eu tudo espero de Laio, cujo cetro cuido de introduzir, lembrando dos que comigo dançaram a *cumparsita*, ai.

O tango ouvir e ainda tocar, e a vitrola gira com Gardel, e Laís sorri para Dali que não perdeu por esperar.

De sunga vermelha, o homem tira agora a mulher da negra jarreteira para uma dança. *Le rouge et le noir* na corrida em que o corpo nacarado abraça o cor de jambo, o que a jarreteira emoldura.

Que assombro que *es l'amor...* e é Dali com Laís na marcha e na quebrada, no passo cruzado e no súbito volteio, ele que provoca com o balanceio de ombros, ela que deixa os seios grandes de tesão balançar.

Ninguém resiste e eu digo *sim* para Li, que me tira. *Sim*, conquanto você comigo dance e eu no Fugitivo possa ver as luzes da cidade, de Buenos Aires. O tango, Li, para que você seja o espelho mágico onde, te olhando, eu vejo o esperado.

Como para sorver, pela ponta, o sumo da manga, Li me aperta o mamilo. Se roça na pomba, no ventre, no rego dos seios até se enrijecer e então me contempla a boca. Uma, duas, repetidas vezes. A caminho da borboleta, titila com a língua o umbigo e, mais longamente, o meu botão.

O mastro no antro cor-de-rosa, enfim. *Quer?* *Toma*, vai ele insistindo até o uivo final, eu rolar da cama para o tapete, onde se encontra Laio que, me passando a mão nas nádegas, diz que são como gomos. *Lia de Aluá, essa carambola tu me dá* e já está ele em cima, o corpo sobre o meu, arfando sobre o langor oferecido e me sussurrando no ouvido que o perfume é de jaca, me acariciando o pescoço com uma língua cor de prata e me perguntando se, para ter a pele assim, de veludo feita, eu acaso tomo banhos de néctar.

Sou manga e sou jaca, afirmo me virando e assim expondo a porta da frente. Sou quem? quando, me suspendendo as coxas, Laio me toca ensandecido no coração da rosa.

O MEU TEMPO É ENTÃO o do sêmen escorrido na virilha. Já o de Laís é outro. Sapato de salto alto, meia e jarreteira negra, ela acaricia com os dedos em círculo o botão; olhos fechados e boca entreaberta, rola de um para outro lado a cabeça, o rosto de quem só está para o gozo e assim não está e não quer saber quem suga o bico do seu seio e o deixa intumescido, se alisa nas suas coxas e nela se planta até ouvir o grito duro e fino, o mais cortante dos ais.

Laís sequer vê que o homem é Laio e estamos nós outros, Li, Dali e eu, para ver os semblantes e os corpos e a imersão no espaço sideral.

Rock'n'roll na vitrola

Rock rock rock

Rock'n'roll

e é Laís que rola

Uma lua acaso ilumina a órbita em que ela se desloca? Os países que ela vislumbra, como serão? Seus rios são todos afluentes do rio do esquecimento. Que sono é esse que ela dorme? O de quem ouviu o canto da sereia e, vivendo a odisseia do seu gozo, espraia sobre a terra o mistério do seu rosto.

Um anjo fogoso, Laís. *Me dá, eu quero mais*, enquanto Laio só diz *Toma, tomais*, eu escorrego repetidamente os dedos pela sua cabeça, e Dali, enleado pela cena, desliza os lábios pelo corpo de Li. *Toma, tomais.*

Rock'n'roll

        Rock rock rock

                Rock'n'roll e

é Laís me oferecendo um frasco de um afrodisíaco absolutamente infalível, eu que, pelo sim pelo não, bebo da água esverdeada e me deito na cama onde ela me espera com Laio e no ouvido me sussurra: *Caminho do céu.*

O BORDEL, porque mais quero imaginar do que saber da realidade, com Li ou Dali pronunciar o *Eu te amo* que me impede de desistir e morrer. O véu e as máscaras todas através das quais o esperado possa entrar em cena e eu, tendo a ilusão da sua presença, o apertar.

Quem prescinde do faz de conta? Nem os personagens, nem os homens e nem os deuses. Zeus então não se converte num touro branco para evitar a fúria de Hera e fascinar Europa, que era bela como o dia? Não toma a forma de Apolo para seduzir Calisto, afastá-la assim do cortejo de Ártemis? Qualquer artifício para satisfazer os olímpicos e prolongar a vida dos mortais.

A CORTESÃ

NÃO SER MAIS A QUE ESPERA, antes ser a esperada ou a que faz com ela sonhar. Deixar de ser quem sou, sendo a que o parceiro desejar que eu seja, ora oferecendo um silêncio omisso, ora dizendo as palavras que ele deseja ouvir, propiciando sempre o engano necessário à ilusão.

Ser como as que estão para o que se quiser, as mulheres cujo primeiro cenário é a porta da rua e o segundo é a alcova, Flor-do-Mangue, Maria-sem-Vergonha ou Malmequer.

— Sou Flor-do-Mangue, surgida de uma lama escura, mas através da tua fantasia posso me tornar orquídea, servir-te o luxo, a calma e a volúpia e seguir para o país do âmbar, onde o esplendor é oriental e, por toda parte, ecoa a tua doce língua natal.

— Sou Maria-sem-Vergonha, mas vestida de noiva serei um lírio branco de nome Açucena. Comigo na alcova, você de novo entrará na igreja e ouvirá a marcha nupcial, esquecido dos crisântemos e da esposa recém-falecida.

— Sou Malmequer e, como tal, me deixarei tratar, para que você, escorpião maldito, cheirando pó e me violando, desça aos infernos e de lá consiga voltar sem vício algum, apaziguado para de novo pregar a virtude e, do teu púlpito, salvar as almas. A mim não importa que você esteja de batina. Sei que é a fantasia e não o hábito que faz o monge.

O FAZ DE CONTA PARA SUSPENDER a realidade como Flor-do-Mangue, Maria-sem-Vergonha ou Malmequer, as que têm um pé no inferno e o outro no paraíso, vão morrer sem um centavo no banco e com o dinheiro na liga, mas são protagonistas das cenas mais diversas, capazes de ser várias sendo uma.

Me transfigurar ao som de Billie Holiday,

a que tanto podia ser indolente

                              sonhadora

delicada ou inesperada

               irônica

                            melancólica

vitoriosa

            resignada

ou inconsolável, mas que falava invariavelmente a língua das notas, propiciava sonho tão doce quanto a morte e não precisava de palavras inteiras para dizer as mais longas frases... a que sabia, como as mulheres do prostíbulo da sua infância, se fazer mirra, nardo ou benjoim.

Ser mirra ou benjoim sendo uma cortesã. Ser como a egípcia antiga que se apresentava com uma ânfora de barro numa bandeja de cobre, se ajoelhava sobre as tranças e oferecia o chá murmurando *felicidade* e dizendo *graças a você* ao ouvir o *obrigado*.

Me abaixar e tirar os sapatos do homem, lavar-lhe os pés, enxugá-los e massageá-los delicadamente, fazendo o calcanhar amortecido saber do dedo e o arco saber da sua curvatura. Só então calçar os chinelos de napa. Preparar o banho quente e o outro, tépido, a toalha felpuda com que de cima a baixo o enxugarei, o quimono de seda bordado que ele usará para entrar numa alcova já incensada, onde a sua bebida preferida se encontra e também o fumo, o que se puxa simplesmente e o que se traga.

Só a música de que ele gosta haverá de ser tocada, o instrumento que o transporta para um sítio longínquo, sonhado. O alaúde, a flauta ou o violão. Somente a palavra que ele porventura desejar ouvir se dirá, nesse antro criado para fazê-lo supor que Lia, a cortesã, desde sempre esteve à sua espera.

SE TERNURA ELE QUISER, como criança será tratado. A palma suave da mão pelos cabelos e depois o roçar de dedos no couro cabeludo. Com o dorso da mão acariciar o rosto. Das têmporas ao ponto onde o rosto em queixo se transmuta. Pousar na sua testa lábios desinteressados e murmurar a palavra *rio* ou *vento* ou *lago*, uma qualquer, só para com a palavra lhe servir a voz. Ofertar depois o silêncio e a escuta.

Deixar que o homem, falando, se aparte da realidade, o tempo não se faça mais sentir e ele possa imaginar cenas várias. Ir então calada para onde ele estiver. Caminhar pelas sendas arborizadas e descansar à sombra de um carvalho. Ou ir pela margem de um rio de águas cristalinas até onde se possa tomar banhos frios de cachoeira. Ou deitar sobre a rocha onde fantasiando ele se estirou e, de olhos fechados, contempla um céu de estrelas. Aí ficar até descobrir o que mais da cortesã o homem da negra carapinha, dos cabelos de índio ou dos cachos loiros quer.

QUERERÁ, POR TER VISTO UMA LUA em forma de adaga, a dança dos sete véus? uma mulher que saiba fazer o ventre ondular? ora com o braço e o flanco desenhar uma voluta, ora com as mãos? Um arabesco ou um hieróglifo eu serei, e, de um a outro véu, mostrar-lhe-ei o ventre em oito ou o farei circular — de um só lado me desancando ou então dos dois.

Me exibir dançando e o levar do quarto para o cenário que a dança evoca, uma sala de lambris avermelhados e chão de mármore, um antro onde borbulha o narguilé, e a luz, filtrada através de vitrais coloridos, se reflete nos lustres de vidro soprado. O tapete é aí o mobiliário, e eu ora me sento, ora me deito, oferecendo o corpo entre os anjos tecidos, os músicos e os pavões.

O homem já me quer nesse espaço onde a luminosidade é tênue e só o rumor da água é audível quando o alaúde não toca? Quer e, também na entrega, eu serei a outra que ele imagina, verei talvez o azul do Oriente, que ora é turquesa, ora é chumbo e ora é real.

QUER COMIGO UM ORIENTE de jade e ouro ainda mais distante? Deseja ser um mandarim? Lótus de Ouro, então, numa alcova perfumada, onde só há lençóis de seda e bordada é a túnica que eu usarei.

Pede que separe primeiro as pernas para ele no entremeio introduzir o dedo cálido do pé? Separo. Que eu, para aumentar a sua virilidade, lhe sopese o sexo? Isso faço até segurar um cetro na mão.

O mandarim me imagina agora em cima dele? Por que não? Sugere que deite, me abra e deixe que ele, com os braços, me levante as pernas e as segure no ar? Que o cetro chinês de jade faça da cona um vale púrpura.

O homem baixa a cabeça e olha para se ver indo e vindo no meu meio? Levanto a nuca e me apoio sobre os antebraços a fim de o olhar se vendo. O parceiro deixa de inserir o seu *yang wou*, se afasta e me pede para ver como sou no meio? Me sento com o abano no sofá, aparto as pernas e exibo a fenda vulnerável, olhos fixos no cetro de jade que ele segura na mão só pensando em me tocar o ai, querendo o gozo, o jorro propriamente não.

Se depois ele me suspende e me leva para o leito e a cada passo me puxa e se empurra até o fundo, me lembro do homem que vi no livro chinês na posição do *cavalo em marcha que olha as flores* e me digo que sou mesmo Lótus de Ouro, me regozijo com ter me tornado uma flor.

O HOMEM NÃO ME QUER só dizendo *sim*, só querendo o que ele deseja? De joelhos precisa ficar?

Precisa ser humilhado? Darei a ele repetidamente a palavra *não*. Direi que eu dele não me lembro, ainda que insista em já ter sido apresentado.

— Verdade? Quando teria isso sido?

Serei como a que mesmo estando não está, a todos oferece a sua ausência e a cada amante dirá que ele não é o único, outros o precederam e outros mais o sucederão.

— Você aqui? Imaginei que estivesse o seu sósia. Por que não amanhã?

Ao pedinte me exibirei num pedestal e, como este, serei de pedra. Satisfação alguma a quem quer que seja, mesmo que por amor um dos muitos ameace se matar. Idêntica à cortesã que tanto maior consideração tem por si mesma quanto mais iniciais de nomes masculinos puder nas suas joias indicar, mais barões tiver enlouquecido ou arruinado, mais vasos de Sèvres ou da China exibir no seu salão.

DESTINADA AO SUICIDA por ser suicida também, a todos só me entregar para deixar de ser eu, não mais ser a que espera. Destinada ao que chega como quem vai ao cassino, tudo arrisca para ouvir o tilintar incessante das moedas. *Tlin* uma, *tlin* duas, *tlin*... Um dólar, cinco, dez... Uma a uma as batidas promissoras do metal. Deixa a máquina rolar e o dólar cair, dez, cem, mil... Deixa a máquina falar:

— Sou a máquina da sorte, dura e linda como um diamante. Deixo-te de mãos vazias ou te douro a palma. Onde quer que você olhe neste saguão estou eu, que me multiplico porque faço sonhar. *Cowboy* e Lord Bay, o pobre e o rico, lado a lado, idênticos aqui diante da sorte como diante da morte. Las Vegas para qualquer um que possa se arriscar e, com isso, renascer. O cassino como o bordel, a máquina como a cama para você se perder, se soltar, tirar o freio da vida e ir, meu bem. De chapéu ou sem, pouco importa. Só o quanto você introduz conta, o quanto eu te nego ou porventura te consinto. Sou imprevisível? Tanto quanto o gozo.

Cowboy e Lord Bay, eu, Lia cortesã, quero. O suicida e também o assassino para não mais ser a que vive continuamente à espera.

LESBOS

NEM SER A QUE ESPERA e tampouco ser a cortesã, a que só para propiciar a mulher esperada deve existir e assim só esta fantasia deve ter. Nem viver para um homem imaginário e tampouco para ao homem servir a cena imaginada.

Ir a Lesbos, terra das noites quentes cheias de langor. Lia e uma outra igualmente morena cor de jambo e de cabelos negros escorridos, uma que comigo se assemelhe. Nome? Lídia, por que não?

Lia e Lídia na ilha de Safo, sob a proteção de Afrodite, a Persuasiva, em Mitilena, à beira do mar azul. De mãos dadas pelas ruas estreitas, entre outras mulheres de túnica púrpura ou cor de jacinto oriental, argolas de ouro com pérolas naturais, braceletes de prata maciça e no tornozelo uma serpente. Pelas vielas olhar as lojas de tapetes e brocados, joias de âmbar e de marfim. Rememorar na praia, ao pôr do sol, as frases que cantava Safo, ou Psappha, como era chamada a grande Inspiradora e, assim fazendo, imaginá-la com Bilitis. Escrever na areia os versos desta para a suave Mnasidika. Visitar na beira de uma estrada antiga o túmulo de Bilitis e, nas paredes subterrâneas, ler as suas confidências:

Sylikhmas entrou e, vendo a nossa intimidade, se sentou num banco. Pôs Glotis num joelho, Kysé no outro, e disse:

— *Vem aqui, pequena.*
Mas eu fiquei longe. E ela recomeçou:
— *Você tem medo de nós? Chegue perto, estas crianças te amam. Te ensinarão o que você ignora, o mel das carícias femininas. Só as mulheres sabem amar. Fica conosco, Bilitis, fica. E, se a tua alma for ardente, você verá a tua beleza no corpo de tuas amantes, exatamente como num espelho.*

COM LÍDIA COBRIR DE FLORES o túmulo da poeta, imaginando-lhe o rosto, os olhos semifechados e a expressão enternecida pelo sorriso. Só depois voltarmos à praia de Mitilena, para aí nos confundirmos com as belas enguirlandadas que, de mãos juntas, andam sem destino ao clarão da lua.

Ouvirmos uma flautista que toca de joelhos e, olhos fixos nas estrelas, invoca Afrodite, a deusa voluptuosa. Uma outra que, de olhos fechados, diz em versos o quanto deseja desnudar a sua mulher.

Descalças seguirmos pela praia que a lua ilumina, tanto olhar a ninfa que se consola preparando coroas quanto a outra, que cola os lábios aos da amada, alisa a sua coxa, introduz entre as suas pernas o joelho, dizendo que só foram feitas para rolar na areia e se banhar no mar anil.

Nos deteremos, enfim, diante da amante que se senta no colo da companheira e, tomando-a nos braços, fala ao seu ouvido como fazia Bilitis, segundo uma outra de suas confidências:

No dia seguinte, fui à casa dela. Nós duas ficamos verme-lhas quando nos vimos. Ela me fez entrar no quarto para estarmos sozinhas.
Tinha muita coisa a lhe dizer, mas vendo-a me esqueci. Não ousava abraçá-la e assim fiquei só olhando.

Surpreendia-me o fato de que nada houvesse mudado no seu rosto, de que ainda parecesse minha amiga, apesar do quanto havia aprendido na véspera.
De repente, me sentei nos joelhos dela, tomei-a nos meus braços e falei ansiosamente ao seu ouvido. Ela daí colou o rosto no meu e me disse tudo.

TUDO ME DIZER PROMETERÁ LÍDIA, exaltando Mitilena e o templo onde as mulheres cultuam Afrodite. Tudo me dar e como brinquedo se oferecer para que eu com ela me divirta, desfaça o seu penteado e o refaça como bem entender, pinte os seus lábios de rosa ou carmesim, vista-a com uma túnica ou a cubra somente com bagos de uva. O que eu, Lia, dela quiser, e Lídia promete ainda me cuidar o corpo, perfumando-o com água de rosa. Promete velar o meu sono e assistir ao acordar, me acolher com os olhos pesados de tanto dormir, me pôr o chinelo, desembaraçar o meu cabelo e trazer o primeiro leite. Jura, por fim, que só há de me trocar por outra no dia em que a água dos rios subir até o cimo das montanhas, o trigo nascer do mar, os pinheiros, dos lagos e as vitórias-régias, dos rochedos.

POR QUE NÃO TECERMOS uma guirlanda para Afrodite e não irmos, sob a proteção dela, para outras plagas, me perguntará Lídia, que comigo há de querer o mundo. Por que não seguir o caminho dos antigos peregrinos, visitar os templos românicos, parando onde nos aprouver, com direito à taberna do vale do rio Douro ou à outra da Mancha, sob a égide do Quixote, que a tudo preferia sonhar? Do vinho verde e do Xerez tomaremos, brindando a cada passo o nosso acordo e

sabendo, nas encruzilhadas do caminho, escolher a estrada
que nos faça mais ainda viajar.
Por que não irmos a Paris brindar com um kir, ouvindo Piaf.

Si tu m'aimes...

                                    Você me amando, Lídia

Si tu m'aimes j'irai décrocher la lune...

                                    Irei buscar-te a lua...
Si tu m'aimes j'irai voler la fortune...

                                    A fortuna, eu, Lídia,
irei te buscar, a seda e o ouro...

De seda e de ouro cobrir a amada e, com ela, flanar pela
cidade de Paris.

Sous le ciel de Paris

                                    Sob o céu de Paris, Lídia

coule un fleuve joyeux

                                              alegre é o
rio que corre

Paris, à beira do rio, Lia e Lídia no cais do Sena, de um a
outro buquinista, rever o Moulin Rouge e as musas de bota e
saia comprida que Lautrec pintou. O cais do rio, ainda para
ver Notre-Dame nas águas refletida, o flanco, sua flecha, os
arcos de pedra. Ao adro ver as torres e o corcunda. Ouvir o
sino que ele nunca parou de tocar e atravessar o jardim entre

mulheres de chapéu e luvas de pelica, como nascidas para o quadro. Seguir à procura do lugar de onde uma voz doce e terna emana, cantando Baudelaire, um homem que mais parece um anjo.

Mon enfant, ma soeur
Irmã e criança
Songe à la douceur d'aller là-bas vivre ensemble
Que doçura mansa ali viver, afinal
Aimer à loisir, aimer et mourir
De sonho e lazer amar e morrer

Ouvir e viajar para o antro do poeta, onde todo dia poderemos nós amar e morrer. Deixar que o anjo nos leve, pois só para isso veio. Se veste de terno negro, mas, pela cabeleira, os longos cachos dourados e a suavidade do gesto, parece uma donzela. Jacinto azul e branco na lapela, ele está para nos lembrar que nenhum Deus poderia julgar Lesbos, cuja religião, como outra qualquer, é augusta. Nos lembrar de que o Amor tanto ri do inferno quanto do céu e com ele nada têm a ver as leis do justo e do injusto.

DEIXAR-NOS ARRASTAR para uma terra além da terra, baudelairiana, onde tudo é ordem e beleza

ordre et beauté

um porto cobiçado por

todos os marinheiros, porém onde só atraca quem nele pode se perder, quem sabe errar.

Contornarmos a igreja, atravessarmos a ponte para chegar à ilha São Luís, que Piaf canta e o céu de Paris namora. A mão na mão, deixar-nos conduzir por Piaf até a mansão, onde, sob um teto florentino, Baudelaire, recostado em alcatifas de seda, fumava o haxixe e, olhando o rio, via o mar. Ouvir aí a cantora entre músicos vindos de toda parte homenagear o poeta irmão, pois ele, como ela, sabia que em qualquer cidade há sempre alguém à espera de um alô

C'est à Hambourg, à Santiago, à White

Chapel ou Borneo...

                             Hamburgo,   Santiago,
White Chapel ou Bornéu

                             Hello boy!   *You*
come with me?

                             Alô, meu! Você, por que não
vem?

Amigo, te quiero mucho

                             Te quero, amigo
Liebling komm doch mit mir!...

                             Vem
querido, comigo, Vem

Come,

Komm,

Vem

comigo

Deixar que a volúpia nos tinja de vermelho as bochechas e lance para o alto os olhos, com o céu nos faça ver o arco-íris. Deitar o corpo sobre o de Lídia e beijar a sua boca, conforme ela deseja. Já com isso levá-la para um antro subterrâneo, onde nos amaremos sem memória alguma do dia.

Acariciar o flanco da amada com os dedos mais sutis, contornar de leve o seio até ver o mamilo despontar, ela insensivelmente afastar as pernas e não haver mais risco de comigo não seguir viagem, eu me dizer que já estamos num sítio que é só nosso e ao qual nem nós mesmas poderíamos retornar.

O que mais, depois, Lídia quiser, porém nunca de imediato, para que ela possa mais e ainda imaginar. Só *pois não* eu direi, procurando contudo evitar que a saciedade nos separe. O dedo em redemoinho? Dobrado para melhor o estirar. O dedo estirado? Tantas estocadas quantos forem os seus *mais*. Tudo para vê-la como quem ouve a voz do além e olha o que mais ninguém pode enxergar.

Fotografar o rosto de Lídia que, deitada na cama, levita. Gravar o ai, o *aaaaaai*, com o qual ela quer morrer de não morrer. Lídia como Santa Teresa. Místicas as mulheres todas acaso serão, menos nascidas para a terra do que para o céu? Lídia de Ávila. Fotografar de novo o rosto, quando ela segura os seios como pomos e rola os mamilos entre o indicador e o polegar. Beijá-la na boca, nas pálpebras e dizer de mil e uma maneiras o arrepio que o seu corpo oferecido me causa.

ME ESTENDER DE BORCO, como Lídia então me quer, para que ela veja os meus cabelos negros luzidios, e eu, não a vendo, ouça melhor a sua inconfundível voz. De borco, para que ela, com a mão, me ofereça as costas e a curva das nádegas, eu também saiba das coxas e das pernas e dos tornozelos, antes de ela se introduzir nos meus meios.

Vai, impera, Lídia. Vou, já a querendo noutro lugar. Onde ela não estiver, estarei eu à espera. Na boca ou no botão, que Lídia rela, se dizendo que somos idênticas, que o meu gozo é errante e eu estou sempre à espera do gozo por vir. Certa está, e eu me quero insaciável como sou. Avara seria, se preciso fosse, para que a amada se tornasse ávida. Só *logo mais* eu lhe diria para ouvir a palavra *já*.

PUDESSE EU TE EMOLDURAR *de costas, assim te eternizar*, me diz Lídia, me tirando da cama e me cobrindo com uma capa de veludo roxo que só no pescoço se fecha. Que eu ponha os sapatos de salto alto e, segurando na mão uma glicínia, do quarto faça uma passarela, desfile deixando a capa se abrir do rego dos seios aos pés para exibir o umbigo e o púbis que Lídia apenas perfumará. Que eu desapareça atrás do biombo e aí escolha a roupa que me aprouver.

Um *body* vermelho feito para apertar o torso e elevar os seios, cobrir sem tapar a fenda cor-de-rosa. Sobre ele um vestido negro de paetê, curto, decotado e sem alça, que se fecha com um zíper e num só gesto Lídia abrirá. Não me toca, mas se ajoelha e me cheira a flor. Avara para que eu me torne ávida.

Me dispo e me visto com um sutiã de seda preta que se fecha atrás, e é só feito das alças e do contorno dos seios. O sutiã, a meia e a jarreteira sem calcinha, a fim de que Lídia possa logo me abrir as pétalas, bendizer os tantos anos loucos por vir.

Serei glicínia e serei jasmim. Na passarela, capa ou *body* para Lídia, que tão bem poderá se apresentar de boa-fé quanto de *smoking* preto e flor vermelha na lapela.

Imprevisível, como feita para me surpreender. Um sem-número de chapéus. Com ou sem *voilette*, negro de veludo, vermelho de aba larga ou roxo de miçangas. Uns outros tantos, só para brincar. De pluma, por exemplo, que ela usará com as suas botas, evocando um trovador. De toureiro, para de Carmen, se não Carmencita, me chamar. Como se o amor não prescindisse do chapéu.

Te encontrar foi um milagre, dirá Lídia, acrescentando que a tudo ela prefere estar comigo. Com poucas palavras instala na terra o céu, com uma voz de anjo que me tira da realidade e prova que a graça existe.

A tudo me disporia para escutar a voz que me transporta para longe na terra ou me faz singrar numa catedral de vidro em alto-mar, atravessar as águas ora olhando o cardume pintalgado dos cavalos-marinhos, ora a constelação efêmera das estrelas-do-mar, esquecida de ser quem sou e de que eu e ela também somos duas mortais.

Tantas são as cenas oferecidas que eu sequer me dou conta do tempo e de que a nossa hora logo terá passado, o momento já terá sido infinito. Até da existência do futuro anterior a bela Lídia me fará duvidar, na cama em que só para sonhar nos deitamos.

— Veneza, a Sereníssima, me diz ela, e já estamos nós, de gôndola, a caminho.

A vez é única e é com uma taça datada de um tempo imemorial que eu e ela brindamos. O gondoleiro quer deste champanhe? *Toma.* E nós bebemos à sua presença que, por momentos, mais parece uma aparição. Tão irreal ele quanto a taça antiga ou o palácio de mármore rosado que avistamos.

— Pede a São Marcos a bênção, me diz Lídia, quando a gôndola atraca entre duas outras ainda vazias.

Pé ante pé, deixando estar o silêncio, como para dispormos sozinhas de Veneza, ladeamos o palácio, convictas de que há cinco séculos para nós duas ele foi erguido.

— Paixão, ela sussurra, quando paramos diante da basílica. Deus meu!, quando os anjos da fachada batem as asas e nós vemos a porta da igreja se abrir.

A mão na mão, entramos. Tanto para nos espelhar nas madonas de olhos amendoados, bizantinos, quanto nas concebidas à nossa semelhança.

— Vê como ela te olha, considera Lídia, apontando a Nicopeia, a madona oriental que talvez queira amar e ser amada como eu.

— Vê como sou tua, murmuro, pondo a mão de Lídia sobre o coração e me voltando para a praça, onde a revoada dos pombos já começa e a orquestra se prepara para tocar.

— Lídia quer comigo a primeira dança?

— Quero, e já está a cintura dela no vão do meu braço direito e, no meu ombro apoiado, o seu braço esquerdo. As duas de renda branca vestidas, embora eu primeiro lhe sirva de cavalheiro. *Querida*, ouço, enquanto ficamos à espera da música.

— O *Danúbio azul*, Lia, a valsa que Strauss concebeu lembrando dos barqueiros da sua infância.

— Da tradição cigana, Lídia, a única que poderia nos convir.

Sem sair do lugar, nós primeiro nos ninamos. O embalo na praça, até sermos repentinamente tomadas. O passo que damos é triunfante e os anjos da fachada se põem a tocar.

Gira comigo, Lídia, e nós giramos em torno de nós mesmas. Passam a basílica e suas cúpulas, passa o campanário. Outra volta e mais outra para cumprir o círculo, entregues a Johann Strauss e às ondas do Danúbio.

Só para dançar nós então existimos, e eu já não sei quem de nós é Lia e quem é Lídia quando a torrente cessa e volta a calmaria pouco antes de a valsa acabar.

A MÚSICA PAROU, mas Lídia, invertendo a posição, me toma no vão do seu braço direito e me faz de novo girar. Tendo sido o cavalheiro, sou agora a dama. Importa-nos isso? Nem a nós e nem aos anjos, que se põem a convocar as madonas, incitando todas elas a sair das igrejas para conosco dançar.

— Baila, Nicopeia. Quem entre as madonas presentes será o teu par? Aquela cujo vestido de cima a baixo molda as formas, a virgem negra, ou a outra, cuja saia é godê?

— A negra.

— Pois, então, com a do manto azul sobre o vestido vermelho a outra dançará.

Vão os pares se formando, enquanto Lídia observa e pergunta se as madonas são reais ou mulheres fantasiadas.

A orquestra de anjos ensaia os primeiros arpejos e ficamos à escuta. Sai primeiro o par da Nicopeia. Na sua trilha seguimos nós, fazer um oito, traçar o símbolo do infinito no chão. *Para todo o sempre*, repito, quando a música me toma e me faz ignorar o que possa o começo ou o fim vir a ser. *Amém*, me diz Lídia, depois que a valsa acaba e nós nos fixamos, convictas de que somos uma para a outra a fonte mesma de Juventa.

Eu me digo que juntas nós tudo podemos e me nego a considerar a hipótese de que Lídia comigo não se baste, por não termos a possibilidade de gerar, alcançar juntas, dando à luz um filho, a imortalidade que é dada aos mortais.

AVE, MARIA!

TÃO DE LÍDIA O DESEJO de conceber quanto meu. Morrer tendo sido a que não pôde se perpetuar? Maria, eu vos saúdo. Ave, Conceição!

Dar à luz o pequeno outro que, sem deixar de ser ele mesmo, será eu, fará Lia, depois de morta, existir. Lídia me permite continuamente ignorar o tempo, imaginar até que sou, como as deusas, imortal, mas só o filho poderá me imortalizar. Amo-a mais do que a vida que tenho; porém, menos do que a imortalidade, a qual está acima da paixão.

ME OUVIR UM DIA DIZER *filho*, escutar o outro que jamais será estranho, ainda que não se assemelhe comigo. Cachos loiros e olhos azuis, talvez, mas nem por isso deixando de me espelhar. A voz que lhe será mais necessária não será esta que eu própria emito e de que não posso prescindir? A voz de Lia, que parecerá ter nascido para a canção de ninar, ninando, rememorar os Beatles.

Boa-noite, filho meu, hora agora de

sonhar

Now it's time to say good night

Boa-noite, *good night*

Hora de dormir,
sleep time

O sol

agora apagou a sua luz
Now the sun turned out his light

Boa-
noite, filho meu, *good night*

O PEQUENO OUTRO QUE ME ESPELHA eu quero. Prefere a voz de
Lia ou o odor do leite que goteja do seu seio, o da branca
seiva de que ele tanto precisará para viver quanto Lia para
nele se perpetuar.

Vê-lo esfregar no seio a bochecha à procura do mamilo. Vê-
lo abocanhar e deixar que esteja ávido. Olhar o menino que
dorme de lábios entreabertos, saciado. Ora o adorar com a
palavra *pimpolho*, ora convocá-lo a crescer com a palavra
pirralho, num caso e no outro dele fazendo a presa da língua
que me arrebatou e em que o filho, como eu, um dia dirá que
amor é um contentamento descontente ou *é dor que dói e não
se sente*. Amará o verso camoniano.

Com o leite que me escorre do seio, farei que saiba do
verbo, e nada para ele depois tanto contará quanto o idio-
ma em que ora terá sido pimpolho, ora pirralho. Crescerá,
como eu, apegado à língua em que lhe falo e bem cabe
chamar de materna. Só por isso o meu filho meu espelho
será.

Dos nomes próprios eu primeiro direi o seu, o meu, valendo-
me do indicador para fazê-lo saber quem é ele e quem sou

eu. Depois, virão os nomes das coisas, e eu direi *isso* antes de nomear, ensinando insensivelmente que *isso* é o nome da coisa quando ela ainda não foi nomeada, do chocalho, da bola ou da chupeta, mas não do papagaio ou do periquito na gaiola e tampouco do cãozinho que nos ronda, requerendo um *esse*.

Nomeados os seres da terra, passarei aos do céu: o sol, a lua e as estrelas. Direi, talvez, evocando Platão, que da terra são originários os seres como eu, as mulheres, e do sol, os homens. Embora não possa prová-lo, afirmarei que é possível ouvir estrelas e, me valendo destas, farei menção à morte, dizendo que ele, como os outros da terra, vai um dia virar estrela e entrar para uma constelação. Assim lhe falarei do que eu mesma terei sido obrigada a saber ao concebê-lo, me valerei de uma lenda para contar a verdade, mentirei, por assim dizer, verdadeiramente.

O FILHO TANTO OUVIRÁ AS LENDAS quanto as fábulas, e destas eu darei mais de uma versão. Se for a fábula da formiga e da cigarra, não direi que a formiga trabalhou durante o ano todo ao passo que a cigarra só fez cantar e, quando o inverno veio, a formiga, com toda razão, recusou à cigarra o alimento que esta, para não morrer, pedia. Direi que, precisamente por ter cantado, a cigarra recebeu da formiga o necessário, em suma, que não só de pão vive o homem.

Se ele acaso me perguntar de que mais o homem vive, direi que não pode prescindir da poesia e recitarei o meu poema preferido. Só não direi que todo homem vira poeta quando é tocado pelo amor, porque o pequeno não terá como entender. Contarei, no entanto, que no Oriente um bom verso chegava a ser recompensado com um vizirato e na Grécia existiu um poeta lendário, Orfeu, o qual tirava da lira sons tão melodiosos que os rios paravam de correr e as árvores cessavam de farfalhar. Não deixarei de me referir, tampouco, à magia da voz de Orfeu, cuja força encantatória era maior do que a das sereias e, ao fazer isso, decerto pensarei na voz do filho, que tanto poderá me levar ao inferno quanto ao céu, a única voz em que a palavra mãe de fato me dirá respeito, me fazendo ser a que nasceu para ninar.

Boa-noite, hora agora de sonhar

Boa-noite,

good night, hora agora de dormir

Passada a época de nomear as coisas, contarei as histórias que, no tempo de eu menina, a mãe gostava de contar, e as outras que eu desejaria ter ouvido.

Do Quixote nós muito falaremos. Direi que desejava ter nascido cavaleiro andante e realizou, imaginando, o seu desejo. Acrescentarei que, deixando de ser Don Quixote de la Mancha, conforme queriam seus concidadãos, e voltando a ser Don Alonso Quijano, como antes de se sagrar cavaleiro, adoeceu e morreu.

Também sobre Sancho Pança e Dulcineia eu e ele haveremos de conversar. Daquele eu direi que se parecia com o Quixote, porque largou tudo, mulher e filho, na esperança de tornar real um sonho: o de vir a ser o governador de uma ilha, se tornar rico e poderoso. Se o filho duvidar da semelhança, por ser Quixote alto e magro e ter como causa a cavalaria, enquanto Sancho era baixo e gordo e só tinha como causa o prazer, afirmarei que as aparências enganam; os dois, na verdade, eram irmãos de alma e, se não o fossem, não teriam corrido mundo juntos.

— E Dulcineia, mãe?

— Uma camponesa de quem o Quixote fez uma princesa para a ela poder dizer *Eu te amo*, como você um dia dirá.

— Também eu?

— Claro, afirmarei, contente de saber que, por ora, Dulcineia sou eu.

— Mas o que significa *Eu te amo*?

E eu, para responder, contarei a história que teria dado origem às *Mil e uma noites*.

— Era uma vez...

— Conta, mãe.

— ...um sultão na antiga Pérsia chamado Xariar que, tendo sido enganado pela esposa, condenou-a à morte. Depois, por desconfiar das mulheres, se casava cada noite com uma diferente e, logo de manhã, mandava enforcar.

— Enforcar?

— Sim. O responsável pela execução da ordem do sultão era o grão-vizir, pai de uma moça de nome Xerazade, que era bonita, inteligente, versada e, de tão corajosa, se dispôs a fazer o sultão mudar de conduta.

— Como?

— Casando-se com ele.

— Verdade?

— O grão-vizir também não acreditou nos ouvidos quando ela pediu que consentisse no casamento. *Você se dá conta do perigo ao qual estará se expondo?*, perguntou ele. *Sei do risco*, respondeu Xerazade, *mas, se eu morrer, minha morte será gloriosa e, se eu vencer, terei servido à pátria.*

— E daí, mãe?

— O vizir tentou, como pôde, fazer a filha abrir mão da ideia, porém nada conseguiu. Quanto ao sultão, fez questão de avisar que Xerazade teria sorte idêntica à das outras mulheres e o seu pai seria enforcado se não cumprisse a ordem de matar.

— Cumpriu?

— Não precisou. Xerazade conquistou o sultão.

— Como?

— Contando a ele uma história. Conseguiu, só através da palavra, fazê-lo suspender a ordem. Uma, duas, mil vezes seguidas, até Xariar amanhecer curado do ódio que sentia das mulheres. A filha do vizir se tornou insubstituível aos olhos do sultão porque, contando, o levava para um sítio imaginário, onde ele se esquecia da realidade e de novo era feliz.

Ao cabo de mil e uma noites, Xariar reconheceu publicamente as qualidades de Xerazade e renunciou ao projeto de matar. Já não concebia a sua vida sem a dela. Poderia ter dito *Eu te amo.*

— Eu te amo?

— Sim, ou então, *Sem você eu não existo. O significado é o mesmo*, acrescentarei, desejando que o filho seja loucamente amado por alguém em cuja presença ele possa, sem medo, declarar: *Estando, me faltas.*

Ou, em cuja ausência, ele se diga e repita: *Não estando, estás.*

o amante

brasileiro

*para Oswald
e Danaís*

De: Clara
Para: Sébastien
Assunto: eu sonho com o incêndio de que você é a causa

tenho certeza de que você se lembra
porque parece que foi ontem
nós estamos no elevador do prédio onde você mora
eu te conto o que eu disse para o meu filho antes de sair:
"— Até logo, eu já vou indo, vou encontrar o meu
amigo brasileiro"
você ri porque você é meu amante e você é francês
e daí você me sai com: "— *O amante brasileiro*, o título do
teu romance é esse, Eva"
— Eva? pergunto surpreendida — Você então, daqui por
diante, vai se chamar Adão,
acrescento, aceitando o batismo que você me dá
Romeu então não pediu a Julieta que o rebatizasse?
"— Me chama de meu amor e eu estarei rebatizado", disse
ele
assim, desde que você me chamou de Eva, eu sou Eva
porque eu sou exatamente como Romeu

nós só falávamos o francês
usávamos o *vous* e não o *tu*, mas de repente, no elevador,
você me saiu com um *tu*
você faz isso quando a coisa vem lá de dentro e eu pego fogo
você aliás imagina que eu pego fogo o tempo todo
porque eu sou brasileira ou porque eu rio muito?
seja como for, eu sonhava com o incêndio de que você foi a
causa, ou melhor, sonho com ele

quero o fogo, a labareda
o teu sexo na palma da minha mão
abocanhá-lo e saber dos lábios
a língua em torno, titilando
S, Sébastien, Sebastião

não é por acaso que eu te amo
você me faz esquecer o que me contraria
quando você aparece, na casa ou na rua, você suspende
a realidade
porque, a bem dizer, você não aparece, você entra em cena
e o que eu vejo é o palco onde você está como personagem
o tempo então já não é o mesmo
porque eu tenho a ilusão de que sou eterna
de que já não estou sujeita à arbitrariedade da vida e da
morte

o calor da tua presença me aquece mais do que o sol
do Rio de Janeiro
pudesse eu ser transferida logo
ir para onde você está
ser de novo a correspondente do jornal em Paris
isso já é certo
o que eu ainda não sei é a data
até lá eu escrevo para vencer a distância e neutralizar o
tempo que passa
para que você não me esqueça
as palavras todas para desacreditar o oceano e impedir
o esquecimento
Clara

ps: a partir da próxima semana eu tenho uma coluna no
jornal sobre o amor
e a ordem do editor é escrever o que me passar pela cabeça,
"o mais livremente possível"
a ideia me agrada e o primeiro texto já está pronto
segue um fragmento abaixo — ele indiretamente nos
diz respeito

"Quando, há alguns anos, um editor me pediu que eu escrevesse um livro sobre o que é o amor, pensei e respondi *não*. Quem pode definir o amor? Quem pode enquadrar numa ou noutra definição este sentimento vivido por cada pessoa de maneira diferente?
Recusei a proposta, mas depois comecei a girar em torno do tema, fui me apaixonando por ele e acabei escrevendo o livro.
Deixei-me arrebatar como todos os que se apaixonam.
Seja qual for o amor, não há possibilidade de ter controle sobre ele. O amor escapa, como a vida e a morte. Precisamente por isso, ele é decisivo. Tanto faz morrer quanto viver. Tanto levou Romeu e Julieta a padecer no inferno quanto os levou ao céu."

De: Sébastien
Para: Clara
Assunto: o teu sonho é o meu

não fosse o trabalho, eu estaria aí
com você, Eva
também eu sonho, dia e noite, com o incêndio de que você
é a causa
tua mão como cobra no meu corpo — que hesita e se decide
o meu dedo que te escava
fervorosamente
o teu sonho é o meu
de nada eu me esqueço,
nem mesmo dos teus suspiros
já nasci sonhando com eles, com a tua voz
ela me embala e é por isso que eu, às vezes, não presto
atenção no que você diz

mas, no elevador, eu te ouvi perfeitamente e me tornei o
que eu já era: um brasileiro
deixei que você me batizasse nas águas do teu país, para
que você renascesse nas minhas, tivesse a nacionalidade
do nosso amor
o que eu mais queria era me tornar mestiço
renascer assim
há tempo eu desejava isso — como um presidiário na cela
mas eu precisava das tuas mãos para enxergar o dia
amar o meu corpo, comparar o meu sexo ao sol
só a certeza de que eu posso me perder em você hoje
me aquece
em Paris, a temperatura é de zero grau
S, Sebastião

De: Sébastien
Para: Clara
Assunto: eu quero mais

você ontem não me escreveu
mas me deixou à espera e por isso eu te amo
nada seria pior do que já não te esperar
Eva, eu quero mais
Sebastião

De: Clara
Para: Sébastien
Assunto: se eu soubesse quem você é, eu não sonharia

foi de saudade que eu não escrevi
saudade das tuas mãos, do teu sexo nas minhas
na ponta dos meus seios
no meu ventre como um pincel
gosto dele me colorindo a pele
como um antúrio, apontado
ou me fazendo dançar no compasso das tuas estocadas
tuas mãos, teu sexo, teus olhos
eles são luminosos porque são os teus e porque me lembram
os do meu pai
você me diz que eles são verdes
mas eu nunca sei se os teus olhos são verdes ou azuis
só sei que eles são intensos e, seja como for, é importante
não saber exatamente como você é
quem ama põe um véu sobre o amado — faz isso só com
o olhar
se eu soubesse exatamente como você é,
eu não sonharia tanto
e é para isso que eu te quero
você também, aliás
para olhar Paris e olhar para nós mesmos com o sentimento
de que estamos sonhando acordados
acho mesmo que não há nada melhor do que sonhar assim
talvez por isso o amor seja eterno

Paris foi e é o nosso cenário

do amanhecer ao pôr do sol
à noite, a cidade faz a palavra mistério ressoar
e é Montmartre que cintila
porque Paris à noite ainda é Montmartre
"indolente, preguiçosa, indiferente, meio pobre e sórdida",
mas luzindo "como a brasa sobre a cinza"
lembra desse texto? foi você que me passou
é do Henry Miller
gosto tanto do texto quanto da vista da cidade lá do alto
Paris como um vaga-lume
acende-apaga-acende
ela não acaba nunca, e nós dois somos parisienses, ainda
que eu tenha nascido no Brasil e você na França
somos parisienses porque *parrhisia* significa liberdade de
falar
você e eu nos encontramos para viver essa liberdade que o
casamento não deu
nem o seu com a Claude e nem o meu
por que será?
impossível ser livre no casamento?
talvez
C, Clara

ps: recebi vários e-mails por causa da coluna
vou responder um deles amanhã,
o de uma leitora chamada Lola
depois de amanhã eu te escrevo

De: Clara
Para: Lola
Assunto: Re: Escravidão voluntária

O e-mail escolhido esta semana foi o seu, Lola. Segue a minha resposta logo depois dele.

O nome dela só pode ser Clara e o meu Obscura, pensei, depois de ter lido a coluna. Obscura, porque eu não me entendo e este e-mail é por causa de uma frase sua: "Não há como ter controle sobre o amor". Não há, não há, não há, fiquei eu repetindo até concluir que não sou anormal. Entrei de gaiata no túnel em que estou. Quando dei por mim, não enxergava mais a entrada e não via a saída. O computador, tudo aconteceu nele. Em vez de um namorado, um cyberlover *que, depois de ter sido um anjo, só me recusa o que eu peço e só se apresenta pedindo o que eu recuso. Escravidão voluntária, me disse uma amiga. Não entendo nada de filosofia, mas deve ser isso. O Marcelo entrou no bate-papo num dia cinza de inverno, como só podia ser. Um dia de céu nublado, ameaçando chuva. Um daqueles dias tão frios que a gente não sai para não bater os dentes e, quando já não tem mais para quem telefonar, acessa a internet. Sem compromisso, só para ver no que dá. Pois deu o Marcelo, que acabava de assistir A flauta mágica no cinema e escreveu que os namorados, de tão parecidos, se chamavam Papagueno e Papaguena. Papagueno e Papaguena, alma gêmea e alma gêmea. Sonhei com isso a noite inteira. Vendo dois papagaios juntos, dois namorados num jardim. Acordei pensando que*

o meu marido e eu nunca nos beijamos. A água e o vinho.
Levantei, me vesti e já fui para o computador. Cadê o
e-mail do Marcelo? Achei no arquivo do bate-papo. Copiei
e escrevi contando o sonho.
Olá Papaguena! E você como é? Descrevi o meu cabelo.
Castanho, comprido — até quase os ombros — e ondulado.
Contei que os olhos verdes são grandes, o nariz é reto,
a boca tão benfeita que eu não uso batom. Só faltou
requebrar. Escrevi ainda que sou alta e magra, porém não
exageradamente.
Satisfiz o pedido dele e não pedi descrição alguma.
Talvez tenha sido por timidez. Nunca sei o motivo do que
faço. Primeiro faço e só depois me pergunto o porquê.
O Marcelo respondeu dizendo que havia se casado com
uma mulher frígida e acabava de se divorciar. Que ele
era um homem sem preconceitos e procurava alguém
capaz de transar e de "expressar suas fantasias".
Foi a sopa no mel. No casamento, eu não posso falar, e,
o que é pior, sou obrigada a transar sempre da mesma
maneira. O meu marido só ejacula se eu virar de borco,
levantar o traseiro e dizer que sou uma puta. Se eu não
disser, ele grita putinha e repete até ejacular. Putinha,
putinha, putinha. Não vou dizer que não gozo. Seria
uma hipocrisia. Só que, no dia seguinte, eu fico com
uma raaaaaiva! Se você soubesse. Como pode ele me
rebaixar assim? O lema do meu marido poderia ser: O
meu prazer é a tua degradação. "— Vira, ergue, diz..."
Quando o cyberlover *apareceu, eu não resisti. Embarquei,*
deixando que o Marcelo tomasse as iniciativas: "Não quer
ainda ou já está toda molhadinha?" "Quer na mão, na flor

ou no botão?" "Não sabe?" "Então afasta mais as pernas para saber."

Eu só respondia, imaginava esse ou aquele gesto e me masturbava na frente do computador. Às vezes, gozava parada, imaginando o gozo dele, de que eu ficava sabendo por um LOLA, LOLA, LOLA na tela! Foi assim até que ele pediu para eu me expressar livremente: "Por que você não diz que quer o meu sexo ainda mais duro e maior? Na boca, na primeira ou na segunda porta? Diz, Lola, entrega o corpo, de frente ou de borco — por que não?".

Ajoelhou, rezou. E eu então primeiro pedi que ele introduzisse a língua na minha flor sem deixar de acariciar o meu botão. Gosto de ser tocada em dois lugares. Se possível, em três ou quatro. Quis que ele se roçasse no meu corpo, entrasse na flor com o sexo e o dedo e só ejaculasse no meu seio, fora. Um dia — para sentir bem as estocadas — sugeri que ele entrasse pela cona, mas por trás. O prazer me fez imaginar um sexo grande e eu pedi na boca, na garganta, ejacula, vai.

Deixei de me conter, e, como ia nua para o computador, descobri a pele que tenho, aveludada. A pele, o perfume e o sabor do meu sexo. A troca de e-mails durou um ano. Até eu ficar insatisfeita. Queria conhecer o cyberlover, ir para um hotel. Nada mais natural, não é? Sugeri e a resposta foi: "Boa ideia. Que tal trocar uma foto antes?".

Não gostei, mas fui no melhor fotógrafo do Rio e enviei duas fotos do meu rosto sem maquiagem alguma. Uma de frente com o cabelo preso e outra de perfil com o cabelo solto. Para ele ver o meu corpo, acrescentei uma foto do Carnaval passado. Trapezista, na Marquês de Sapucaí.

"Como você é bonita, Lola. E até de circo você é! Foto minha eu logo mando." Logo? Três meses depois. Por estar sem tempo de ir ao fotógrafo e "porque retrato antigo nem pensar!". Durante esse período, a correspondência continuou. A cada dia a decepção aumentava e o tesão diminuía.

Quando o retrato enfim chegou, eu me encantei. Cabelo castanho-claro, espesso e liso, olhos verdes como os meus e os traços superdelicados. Olhando, pensei numa moça que conheço e gostei mais ainda. Propus um encontro no fim de semana.

A resposta: "Por que não falar antes pelo telefone?". Cedi de novo, dando o meu número. Uma, duas, três semanas e nada. Um dia perdi a paciência e avisei que não enviaria mais nenhum e-mail antes do telefonema. Desde então, continuo esperando o telefone tocar e o Marcelo continua me escrevendo. Diz que foi com ele que eu vivi as fantasias e que nada é mais intenso do que o amor pela internet.

Não sei o que pensar do telefonema que ele não dá e da minha espera. Só sei que ouço LOLA, LOLA, LOLA e me sinto atraída pelo computador.

Já são três meses. O que fazer? Preciso urgentemente da tua luz.

Acho que você caiu no conto do vigário, ou do papagueno, Lola. O seu *cyberlover* se referiu aos amantes da *Flauta mágica*, mas não estava interessado no amor. Quem ama quer o outro na cama, na mesa e no passeio. Não existe amor quando o sentimento não está acima do gozo. Ou quando só o gozo importa. Ser livre para o sexo é ótimo, tornar-se escravo dele é péssimo. Sua amiga chamou isso de "escravidão voluntária". Chamo de dependência sexual. Os amantes não se valem da palavra só para transar. Servem-se dela para trocar ideias, conversar. Como os amigos. Isso não significa que o seu caso com o Marcelo não seja importante. Você expressou as suas fantasias, alcançou essa liberdade. Também passou a gostar do seu corpo — da pele, do cheiro e do gozo. Já é meio caminho andado.

Digo meio, porque você nunca viu o Marcelo e nunca se viu através do olhar dele. A internet não permite saber da beleza de quem ama. Você nunca tocou nele nem foi tocada pelo seu amante, não sabe da boca dele na sua, do sexo se estirando na palma da sua mão e do dedo na sua flor ou no botão. Na internet você pulsa sem o prazer da carícia.

Estranho o Marcelo ter enviado uma foto e não ter dado o telefonema. Para não ser surpreendido pela sua voz ou pelo que você viesse a dizer? O fato é que ele não quis nenhum contato real. Só te queria para se entregar a si mesmo. Exatamente como Narciso.

Lembra do mito?

Narciso era tão belo que, segundo uma profecia, morreria se acaso se enxergasse. Belo e totalmente indiferente ao amor. A ninfa Eco, que o adorava, morreu de tristeza por se sentir desprezada.

Revoltada com a morte de Eco, a deusa Nêmesis, que pregava a moderação e punia os orgulhosos, castigou Narciso obrigando-o a se olhar numa fonte de águas cristalinas. Vendo-se, ele ficou fascinado pela própria imagem e não teve como parar de se olhar. Esqueceu inclusive de comer e de beber. Acabou se enraizando na terra e se transformando numa flor. Foi vítima do amor exagerado por si próprio.

Conselho eu não dou, Lola. Porém, se você enviar um e-mail para o Marcelo, você estará se repetindo como no casamento, quando só transava de borco, dizendo que era uma puta até o cônjuge gozar. Estará se submetendo outra vez, e a repetição é mortífera.

Medo de ficar sozinha? Se a solidão for o preço da liberdade, vale a pena. Porque quem não é livre não pode encontrar o verdadeiro amor. E só quem encontra é feliz.

Quem nos faz existir é o amado — o "amado-amante", como diz a canção — e a mão na mão é que nos faz vibrar. Para quem ama, Lola, nada é pior do que a separação. Santa Teresa queria morrer para encontrar Jesus. Por isso dizia: "Quero morrer de não morrer".

O amor é vital embora possa ser trágico. Suspende momentaneamente o tempo e dá a ilusão benfazeja de que não estamos sujeitos à morte. De que somos como os deuses, imortais.

Clara

De: Sébastien
Para: Clara
Assunto: com você eu vejo o mundo com olhos de criança

bem fez você de transferir o e-mail da Lola com sua
resposta para eu declarar que te amo "na cama, na mesa e
no passeio"
eu ontem sonhei com o teu corpo oferecido
como é bom você ser livre, Clara
logo que te vi, eu me dei conta da sua liberdade
foi quando você veio me entrevistar para o seu jornal
na universidade, lembra?
depois da entrevista, você me falou do romance que ia escrever
eu sugeri um título e você anotou imediatamente
fiquei impressionado porque vivi com uma mulher que não
escutava nada, nem mesmo o que ela dizia
você estava com uma calça preta e um casaquinho amarelo
exprimia-se com tamanha liberdade que eu só via os teus
lábios pintados de vermelho
por causa dessa tua boca cor de pimenta e dos dentes que
você mostra quando ri, concluí que você era uma carnívora
não é à toa que eu te chamo Eva
foi por ser livre que você me liberou
e foi tudo tão simples!
nós logo nos aceitamos exatamente como éramos,
não abrimos mão de nada
e eu vi de novo o mundo com olhos de criança
passei a me surpreender
isso não tinha me acontecido com ninguém
e eu não ousava imaginar que pudesse me acontecer

sobretudo com uma mulher
porque a única que eu conheci foi a minha
foi a Claude, que evitava qualquer surpresa
para ela, nada era pior do que a novidade
o porquê disso eu não sei
nem quero saber
S, Sebastião

De: Clara
Para: Sébastien
Assunto: a liberdade de um libera o outro

verdade que a gente libera o outro com a própria liberdade
mas não só
a ternura conta e muito
nós nos amamos como a mãe ama o filho
ternamente
você sempre se aproxima com delicadeza
e eu nunca te toco sem cuidado
sobretudo quando é o teu sexo que eu toco
mesmo porque, se não fosse assim, eu não saberia dele
fremindo simplesmente
e eu também não saberia da pele aveludada
a pele que me faz pensar na pétala da rosa
e comparar o teu sexo a uma flor
não fosse o cuidado, você não teria ousado olhar o mundo
com olhos de criança
com ele se surpreender
eu não poderia dizer sem medo o que me passa pela cabeça

pouco depois de ter te conhecido eu te disse que não me
importa o que você é na realidade, mas o que você
me faz imaginar
lembra?
nós estávamos no elevador e você riu
quem suportaria ouvir com um sorriso nos lábios o que
eu disse?
as pessoas querem ser amadas pelo que são

você não
você deixa que eu te ame como eu quiser
porque você ama a minha liberdade
eu até pude te dizer, naquele dia, que você se parecia com o
homem que eu amava
me perguntei depois o que isso podia significar
até me dar conta de que eu te amava por causa da
semelhança com um outro
o primeiro dos namorados
meu pai ou meu filho?
você foi o simulacro de um amado que eu não sabia nomear
e você teve a inteligência de não se opor à minha fantasia
me deu a liberdade de imaginar

*olha com os teus olho*s, foi o que você me disse quando nós
primeiro erramos pela tua cidade
olha e reinventa o guia, Eva
por isso, eu vi o Sena comparando a sua cor à da garapa —
e o cheiro da cana-de-açúcar perfumou a nossa hora
vi as estátuas das pontes como alegorias e as pontes como
passarelas sobre o Sena
em torno dos obeliscos de pedra, eu concebi farândolas
de foliões
no adro da Notre-Dame, ouvi os sinos badalarem no ritmo
do samba, como nas igrejas do meu país
com você eu atravessei a cidade ao som de um violão
posso não ser sua?
Clara

De: Clara
Para: Sébastien
Assunto: ai o teu silêncio

Sébastien
o e-mail de três dias atrás ficou sem resposta
por que isso?
por eu ter dito que você foi primeiro o simulacro de
um outro?
o teu silêncio me atemoriza
C

De: Sébastien
Para: Clara
Assunto: ser quem você quiser

o silêncio é consequência de uma simples falha
no computador
importa que você me tome pelo simulacro, quando você me
olha com os olhos mais lânguidos?
quando o mel de que eu preciso escorre da tua para a minha
boca e o teu corpo me acolhe como um golfo?
me toma por outro, Eva, e me dá o mel
o que importa é isso
que apetite a tua ginga me dá!
que fome!
mas não é só a ginga, é a tua alegria
ninguém te olha sem ver o teu riso
é ele que me transporta, me faz querer mais
é o teu riso que faz de você uma cúmplice
uma irmã
o nosso amor é incestuoso e eu gosto dele assim
meu enleio, minha irmã
Sebastião

De: Clara
Para: Sébastien
Assunto: quem não sonha não vive

acabo de ler que o amor é "uma aposta extravagante
na liberdade"
e o autor explica que se trata da liberdade do outro
foi um poeta que escreveu isso
Octavio Paz
deve ter escrito para você e para mim
a menos que tenha sido para viver de novo a paixão
porque ele tinha oitenta anos, já era bem idoso
na introdução do livro ele conta que, antes de começar,
se perguntou se não era ridículo escrever sobre o amor no
fim da vida
se acaso não era um adeus, um testamento
diz inclusive que tentou evitar o livro, mas o livro não o
abandonava, e um dia, bruscamente, ele sentou
e se pôs a escrever e só parou quando o texto deixou de jorrar
o poeta queria sonhar
aqui no Rio, eu adormeço sonhando com você e acordo
imaginando os teus olhos, que eu depois vejo olhando o mar
porque o mar de Ipanema é como os teus olhos — ora é
verde, ora é azul
seria tão bom não fazer nada com você em Ipanema
olhar o céu, da aurora ao pôr do sol
só para ver este azul sem igual
depois, já no lusco-fusco e ainda na praia, olhar a montanha
se iluminando
a favela que ora parece uma lava vulcânica,
ora uma constelação
Clara

De: Sébastien
Para: Clara
Assunto: viver só para você

li o teu e-mail e fui comprar o livro do Octavio Paz
embora não soubesse o título, eu logo achei
bastou explicar ao livreiro que era um texto sobre o amor,
escrito pelo poeta aos oitenta anos
sobre o amor? perguntou ele, já me dando um exemplar
comprei *A dupla chama* e, como era cedo, fui ler no cais
do Sena
li até a passagem que você mencionou: "o amor é uma
aposta extravagante na liberdade"
antes, Paz conta que na juventude ele havia escrito: "o amor
é um sacrifício sem virtude"
a frase me tomou porque eu me lembrei do meu casamento,
dos tantos anos vivendo contrariado, sem transar
foi um sacrifício inteiramente sem virtude
lembrei e fiquei contente de ter saído de casa
ter me separado da Claude
agora, eu quero o divórcio
Sebastião

De: Lola
Para: Clara
Assunto: escrever não é falar

*Esperava uma resposta de três linhas, Clara. Você
escreveu três páginas. Eu era Obscura, agora sou Lola
simplesmente. Graças a uma frase sua: "Não existe amor
quando o sentimento não está acima do gozo".*
*No começo da transa, eu não sabia que era só para o gozo
e não para o encontro. Mas ficou evidente quando eu não
quis mais entrar nesse jogo.*
*Depois da sua resposta, a questão não é continuar ou
não a transa. Desisti. Impossível satisfazer a condição do
Marcelo, só existir virtualmente. Como se eu fosse uma* call
girl, *uma prostituta.*
*Fiquei com raiva ao perceber isso e caí em mim ao
relacionar essa história com o que vivi no casamento.*
*Será que eu estou condenada a só transar de borco? A ser
eternamente usada, como na infância pelo tio?*
*Punha a sobrinha (eu) de costas para ele e levantava o
vestidinho para se esfregar melhor. Nas nádegas, claro. De
um para outro lado. Até ficar duro e sair para o banheiro.
Isso quando não se valia da mãozinha para se molhar.
LOLA, LOLA, LOLA! Exatamente como o Marcelo no
computador.*
*No aniversário de doze anos, o tio mostrou o zíper da
braguilha e disse: "— Abre". Queria que a iniciativa fosse
da sobrinha. Como a menina se recusou, ele se expôs e
ficou com o sexo aumentando na mão. Até ejacular. Só de
ver os meus olhos arregalados! LOLA, LOLA, LOLA!*

*Tamanha vergonha que não posso escrever eu, como se
a história não fosse comigo. Quando criança não dizia
nada. Fui educada para me calar. Quieta, menina, quieta.
Será que a educação explica por que não me revoltei no
casamento e na internet, onde expressei as fantasias, mas
continuei calada, como queria a minha mãe? Escrever não
é falar.
Será que nós mulheres somos masoquistas? Preciso me
curar logo disso. Sua carta me fez refletir. Vou pedir o
divórcio. Não quero mais obedecer à mãe, rezar o padre-
nosso e virar de borco, não quero mais ouvir a palavra
putinha.
Lola*

De: Clara
Para: Sébastien
Assunto: imaginar é viver

eu ontem errei com você pela tua cidade
até o lusco-fusco
vi as cores todas
o vermelho dos faróis
o rosa do horizonte
o amarelo solar dos lampadários
o verde dos plátanos
o azul já acinzentado do céu
e o violeta surreal do *bateau-mouche* cortando
ininterruptamente o rio
debruçado sobre o parapeito da ponte, você disse: "— Paris
foi salva pelo Sena, porque nenhum urbanista conseguiu
endireitar as suas águas"
ouvindo o teu comentário, lembrei das curvas de
Copacabana
e das volutas barrocas das igrejas daqui
concluí que a França de que você gosta é brasileira
e nós descemos até o cais
você queria que eu visse as máscaras da Pont Neuf
iluminadas pelo *bateau-mouche*
nenhuma é igual à outra e eu me surpreendi com isso
mas foi o *clochard* que mais me chamou a atenção
um velho de cabeleira amarela, barbas longas e olhar fixo
um homem que parecia deslumbrado e me fez pensar que
ele talvez não fosse um miserável
porque dispõe do tesouro da rua

das infindáveis transfigurações de Paris
nós ontem erramos pelos lugares onde estivemos na
primeira vez que saímos juntos
e eu ontem fui de novo feliz
Clara

De: Sébastien
Para: Clara
Assunto: não estando estás

já é quase meia-noite
o que eu ouço é o silêncio e você está aqui
os teus olhos amendoados me acariciam
foram feitos para isso
a tua boca é uma pimenta doce
e a tua nudez ilumina o quarto
que vontade de sentir os teus dedos nos meus cabelos
ser de novo quem você quiser
S

De: Clara
Para: Sébastien
Assunto: você é você

eu hoje li um poema em que o amante diz que a amada deve
ser uma simples ânfora, mera taça
para ninguém dizer dela o que o rio pode dizer das margens:
que elas existem para o limitar
você é único porque você não me limita
sabe ser a taça em que eu bebo o prazer e me sacio
e agora você não é mais um simulacro
você é você
eu já não posso te tomar por outro
e eu adoro isso
porque você é exatamente como eu desejo que você seja
tem corpo de púbere e um sexo avantajado
a nádega como um pomo
como a do filho pequeno
você é o meu incesto e o meu espelho
rosto de homem e traços finos de mulher
tudo para me arrebatar
C

ps: copio abaixo o e-mail que eu recebi de Laís, uma das
leitoras da coluna — porque ele me fez pensar na sorte que
eu tenho de te amar exatamente como você é

"O amor sem a máscara não existe." Se você soubesse o
que me aconteceu, Clara, você não teria escrito isso.

A história começou num bate-papo. Lover, que é da Bahia, me pede o meu
e-mail. Depois de ler um verso que eu cito: "O amor oferece o céu e não teme o inferno".
No dia seguinte, ele me escreve sobre a importância da liberdade no amor. Um grande tema, claro, e, embora eu não entenda a razão do e-mail, respondo contando que me refreio sempre "de medo de contrariar o parceiro".
"De contrariar ou ser contrariada pela liberdade dele?", pergunta Lover, duvidando da minha explicação e insinuando que sou ciumenta.
A pergunta me deixa intrigada. Lover acaso é adivinho? Ou psicólogo? Nem um nem outro, porém sabe que só existe um remédio contra o ciúme: "considerar que a liberdade do outro é tão importante quanto a própria". Concluo que, para deixar de ser ciumenta, preciso valorizar a minha liberdade e só alguém que a respeite merece o nome de parceiro.
Pouco depois, Lover escreve: "Laís é o nome da mulher que eu amo. Você". Eu? Por que eu? Lover responde que ninguém sabe por que ama uma determinada pessoa e não outra e, assim, não pode explicar a razão do seu sentimento. Gosto da sinceridade e proponho um encontro. No Rio, onde moro, ou na Bahia.
Lover recusa. "Melhor nos conhecermos mais antes da viagem." Estranho, penso eu com os meus botões. Me ama e não tem pressa de me ver. Não entendo, porém aceito e a correspondência continua.
Lover se entrega à sua paixão. Cada e-mail é uma carícia, me faz sonhar. Imagino seu rosto, seu corpo, suas mãos.

Lover, que além de jurista é poeta, brinca muito comigo.
Inventa, por exemplo, diferentes apelidos com as letras
do meu nome. Ora me chama Lisa, ora Isa, ora Lis...
Também sabe me consolar, ensinando a "não valorizar os
aborrecimentos, tirar deles uma lição".
Passados três meses, proponho de novo o encontro.
Resposta: "Não, ou melhor, ainda não". Só que Lover
agora quer transar comigo. Fico decepcionada. Não quero
sexo virtual e não me manifesto.
Novo e-mail: "O sexo sem cerimônia é pobre. As palavras
são necessárias para que ele seja o grande rito que você
e eu merecemos viver". Nesse mesmo dia, Lover escreve
sobre a diferença entre a sexualidade dos animais "que
está a serviço da reprodução" e a dos homens "que tem o
prazer como único fim".
Estranho tanto esse texto quanto o primeiro sobre a
liberdade no amor e pergunto se Lover é estéril. Responde
que não, contando que, no passado, a esterilidade era
requerida para participar dos grandes ritos eróticos.
Termina afirmando que "o erotismo está para a
sexualidade comum como a poesia para a linguagem". Eu
não resisto.
A transa começa. Virtualmente, claro. Primeiro Lover pede
que eu acaricie o seio enrolando o mamilo. Como se fosse
fumo e, sempre olhando a tela, eu me acaricio. O dedo no
bico, o bico do céu, escreve Lover nesse primeiro dia. Em
letras garrafais. Para eu gostar tanto do dedo quanto do
bico.
Depois, pede que eu me masturbe.
— Como?

— *Com o dedo.*

— *Qual?*

— *O mesmo com o qual você habitualmente faz isso.*

E eu me masturbo com o dedo do meio, imaginando que Lover me olha e me aperta delicadamente o seio. Fico louca porque antes só havia transado em silêncio. E a coisa continua. Com Lover, eu aprendo a inventar o sexo e a adiar o fim. Mas só gozo com o seio e com o botão. Até dizer que quero ser tocada no fundo.

— *Imagina então o meu dedo. Ou mais de um, se você quiser. Solta os braços e abre as pernas. Depois, fecha os olhos para sentir. Obedeço e fico excitadíssima, só que não me satisfaço.*

Peço que Lover se introduza.

— *O quê?*

— *O sexo, respondo, já imaginando e me entregando ao orgasmo, que é quase imediato. Um, dois, vários e eu me sinto inundada. Esfrego o sêmen nas pernas, no ventre e nos seios. Quero a marca de Lover no meu corpo.*

O contentamento virtual, no entanto, não me basta. Preciso passar para o real e consigo, enfim, marcar uma data na Bahia.

"Por causa do trabalho", Lover não está no aeroporto e nós nos encontramos no seu apartamento. Ou melhor, nos desencontramos, porque Lover é mulher.

A decepção é tamanha que eu fico muda.

Ela não se constrange e diz:

— *A pessoa que você ama sou eu.*

— *Verdade, respondo, antes de levantar e sair.*

Gosto dela, porém não quero transar com mulher. O porquê eu ignoro. Verdade que eu já havia transado com Lover pela internet. Supondo, no entanto, que fosse um homem.

Consequência: eu estou sozinha, estranhando o que você escreveu: "O amor sem a máscara não existe." Não entendo. Seja como for, bate-papo na internet nunca mais.

De: Sébastien
Para: Clara
Assunto: sorte

li o e-mail de Laís e reagi da mesma forma que você
pensei na sorte que eu tenho: a de te amar exatamente
como você é
Sebastião

De: Clara
Para: Sébastien
Assunto: você é o homem

antes de te encontrar eu vivia em busca da pessoa certa
entre o meu primeiro namorado e você muitas águas
rolaram
foram muitos homens e até uma mulher
contei isso logo que nós transamos
na tua mansarda, com vista para os tetos de Paris
e foi por delicadeza que eu contei a verdade
porque, na véspera, você tinha me dito que não transava há
mais de cinco anos
mais de cinco?
que susto, Deus meu!
percebi que precisava ser particularmente delicada com
você e, por isso, contei os meus casos
porque você não teria medo de uma mulher para quem
é fácil transar
se você soubesse o quão perplexa eu fiquei quando ouvi você
dizer que, embora a sua esposa não quisesse mais transar,
você foi fiel a ela até me encontrar
tamanha a perplexidade que eu escapei pelo riso
me dizendo que, se tivessem sido sete anos em vez de
cinco, seria bíblico
Jacó que esperou Raquel...
cinco anos
eu nunca tinha ouvido nada tão estranho
se você contasse a sua história no Brasil, você seria tomado
por um louco

e deve ser por isso que eu tive medo de você
a menos que tenha sido medo do meu desejo ou, mais
concretamente, do tesão

além do desejo de transar, eu queria tirar você da gaiola
não por altruísmo, mas porque eu não queria voar sozinha
seja como for, eu não resisti
com você para onde você me levasse, apesar do medo
da aids
porque eu só acreditei na sua história de castidade
desconfiando dela
acho aliás que nenhuma outra brasileira teria acreditado
na cama, você se surpreendeu com o meu gozo e me disse
que eu era uma carnívora, o que não deixa de ser verdade
uma carnívora do Brasil
ávida da noite de lua cheia
e da tua busca selvagem
do perfume que ela exala, um odor vertiginoso
afinal, depois de cinco anos dormindo com a esposa na
mesma cama sem transar, o que você queria era isso, não
era?
cinco mesmo?
meu Deus! *mon Dieu! my God!*
eu precisaria de todas as línguas para expressar
a minha perplexidade
tomara que nunca me aconteça o que te aconteceu
não transar?
eu teria preferido morrer
sua, Clara

De: Sébastien
Para: Clara
Assunto: impossível resistir

nem eu acredito na minha história, Clara
nos tantos anos de castidade
e você, carnívora adorada, não há de passar por isso
quem imaginaria Eva sem transar?
comigo, claro
você nasceu para que as minhas mãos procurem os teus
seios
eu te beba inteira, com a boca voraz eu te devore
você adora a minha avidez
secretamente implora que eu te escave
te faça dançar ao som do meu vigor
posso resistir?
nem posso e nem quero
quando eu te vejo nua é o sol que eu enxergo
quando eu te toco eu estou no céu
eu te amo, Eva
S

ps: a história de Laís e de Lover me deixou perplexo. O que
foi que você respondeu?

De: Clara
Para: Sébastien
Assunto: resposta a Laís

não ia responder ao e-mail de Laís hoje
como você quis saber a resposta, acabei escrevendo para ela
abaixo a cópia do texto
mais tarde eu te escrevo
C

Laís, cara
Ao encontrar Julieta, Romeu estava de máscara. Pode-
se imaginar que, se não estivesse, ela teria evitado a
aproximação. Porque a família de um era inimiga secular
da família do outro. A máscara, no caso deles, permitiu
que o amor nascesse. Como, aliás, no seu. Só que depois,
quando a máscara caiu, o amor de Romeu e Julieta
continuou. Já o seu não.
Ao ver Julieta, Romeu exclamou: "Sua beleza está
suspensa no rosto da noite. Como um brinco na orelha
de uma mulher da Etiópia." E Romeu também era a
pessoa com quem Julieta havia sonhado. Ao te ver,
Lover se encantou. Só que Lover não era a pessoa do teu
sonho.
O computador serviu para dissimular a realidade. Lover se
valeu dele como máscara e conseguiu ficar com você até
o dia do encontro. Isso prova que, para nascer e crescer,
o amor só depende das palavras. Mas, para se realizar
fisicamente, depende do sexo da pessoa. Tanto quanto do
corpo, do rosto, da voz...

Lover sabia disso e assim adiou o encontro interminavelmente. Apostou no tempo. Imaginando talvez que você não resistiria a uma pessoa que amava e a quem já havia se entregado. Desejava ser amada por você sem amar o seu desejo, o de fazer sexo com um homem e não com uma mulher.

Escreveu sobre a importância da liberdade no amor porém fazia pouco da sua. Também não era livre, porque o projeto de te seduzir exigia dela uma vigilância contínua.

Noutras palavras, promovia a liberdade e era contrária a ela. Acabou sendo vítima dessa contradição, que não traduz necessariamente uma hipocrisia.

Acho mesmo que Lover não era hipócrita. Simplesmente não queria saber do que a contrariava. Como o Quixote. Para ser sagrado cavaleiro andante tomou uma estalagem por um castelo e induziu o estalajadeiro a sagrá-lo na manhã seguinte. Para ter a "senhora dos seus pensamentos", tomou uma camponesa por uma princesa, fez de Aldonsa a sua dama, Dulcineia. Para travar as batalhas que justificavam o seu ofício, tanto tomou moinhos de vento por gigantes quanto rebanhos de carneiros por poderosos exércitos. E de nada adiantaram os enfáticos protestos de Sancho Pança.

Lover é um Quixote de saias, Laís, e não querer saber é uma das nossas grandes paixões. Na Antiguidade, chamava-se paixão da ignorância. Não se entregar à ignorância é tão difícil quanto resistir ao ódio, causa da maioria das desgraças.

Lover não queria saber. E você? Acho que também não. Por isso, não desconfiou que o seu *cyberlover* era uma mulher. Havia mais de um indício desse fato. Além de ter adiado o encontro duas vezes, Lover nunca fez menção ao próprio sexo ou à forma do seu gozo. Escondia o corpo e você não percebeu, porque não desejava se separar.

Entendo o que aconteceu. Lover era carinhosa. Brincava com você — Laís, Lisa, Lis —, te consolava. Ademais, sabia que "o erotismo está para a sexualidade comum como a poesia para a linguagem". Ninguém deseja perder uma pessoa capaz de inventar a experiência da sexualidade e propiciar a surpresa continuamente. Uma pessoa que não se submete a nenhum programa quando transa e faz do sexo uma aventura, que é versada na arte de amar.

Vocês duas se espelhavam. E foi por isso que a transa durou tanto e a separação foi tão decepcionante. O culpado, no entanto, pela sua decepção — se culpado houvesse — seria o amor que te flechou, e não a internet, que pode dar origem a uma história feliz.

Clara

De: Sébastien
Para: Clara
Assunto: um amor tão feliz é inimaginável

antes de te encontrar eu não havia imaginado que um amor
feliz fosse possível
os amantes clássicos são todos infelizes
a sina de Tristão e Isolda é trágica
os dois, para serem eternos, querem morrer
supondo que Julieta está morta, Romeu se mata
vendo-o morto, Julieta se suicida
todos perdem a vida porque amam
conosco é o contrário
nós tomamos consciência do quão indiferentes à vida
nós éramos
porque ignorávamos o tempo que passa
você me fez pensar nele
sentir na pele os meus cinquenta anos
e simultaneamente fez com que eu me sentisse menos
mortal
porque pude me entregar sem medo ao meu corpo
à outra vida que havia nele
pelo simples fato de que você ama o seu, Eva, e se entrega
sem culpa alguma
verdade que eu estava pronto
em sintonia comigo mesmo
gostando de ser quem era
como hoje, pelo simples fato de te escrever
Sebastião

De: Clara
Para: Sébastien
Assunto: bendita seja a esterilidade

você me fez descobrir que ter cinquenta anos é
um privilégio
porque eu agora não tenho medo de ficar grávida
o teu sêmen é sempre bem-vindo
em qualquer lugar do meu corpo
nos meios ou no rego dos seios
e você pode fazer do meu ventre o teu tambor
simplesmente para que a música seja diferente
e não para evitar a concepção
eu ignorava o privilégio da esterilidade
quem pensaria nele?
verdade que o nosso amor é tão infértil quanto o dos
homossexuais
mas a fertilidade não nos interessa
o que tem o amor a ver com a procriação?
nada
a melhor prova disso é a procriação *in vitro*
Clara

De: Sébastien
Para: Clara
Assunto: o infinito jorra de mim

o rego dos teus seios, o teu ventre, a tua pele
quando eu te escrevo eu te percorro
minhas mãos erram pelo teu corpo
aventuram-se para fazer amor
não sei bem o que *fazer amor* significa
acho que é me enrolar no teu corpo e te acariciar até
suspender o tempo, fazer a eternidade soar
para tanto, minhas mãos primeiro evitam os teus seios
procuram torná-los mais ávidos
não sabem se descem ou não até a fenda, tua fonte cor-de-
rosa
por saberem que elas aí se perderão
se deixarão aspirar pelas tuas entranhas
serão como bocas que degustam o infinito
um infinito leitoso como este que jorra de mim
S, Sebastião

De: Clara
Para: Sébastien
Assunto: o amor está acima do gozo

você fez a eternidade soar mil e uma vezes
graças ao modo como você chega, Sebastião,
me enredando na tua doçura
espantando o medo
verdade que medo de sexo eu nunca tive
talvez por isso eu nunca tenha tido cuidado comigo
quem aliás me ensinou a cuidar do corpo foi você
sussurrando a palavra *devagarinho* no meu ouvido, quando
nós transamos pela primeira vez
devagarinho, quando o teu sexo se encostou no meu
tão rijo que me deixava ávida

saudade de você na flor que se abre
quando o desejo me atravessa
saudade no bico do seio
tua língua em volta
ela me transporta, me deixa a anos-luz de distância
sempre que a eternidade soa, é isso que acontece
depois, é preciso voltar anos-luz
e o ponto em que eu chego nunca é o ponto de partida
porque o amor me modificou
eu já não sou a mesma
você tampouco
Clara

De: Sébastien
Para: Clara
Assunto: eu quero a flor

devagarinho, Eva
para que a tua flor possa se abrir ainda mais
o meu cetro raiar
tua corola vermelha me acolher
devagarinho
para que nós possamos viajar anos-luz
S, Sebastião

De: Clara
Para: Sébastien
Assunto: tudo menos a escravidão do gozo

na primeira vez que nós transamos, eu
secretamente fiz pouco do teu cuidado
medo de me machucar? ora
como pode ele supor que sexo faz mal?
fiz pouco por imaginar que, para ser liberada, é preciso
afirmar que sexo faz bem sempre
só depois eu percebi que, para ser liberada, eu precisava
não me deixar escravizar pelo gozo
e eu me tornei livre para te amar
querer você, e não outro
só você,
teus olhos furta-cor
teu olhar que é único porque você me olha com os olhos de
quem ama
me revela uma beleza que só por causa de você eu tenho

eu hoje te procurei o dia todo
nas cartas, nas fotos, na música e na minha pele
por sorte eu sempre te encontro
e me sento com você na ponte da conversadeira, Pont Neuf
ou no cais do Sena para ver o rio que ondula e o
deslizamento dos cargueiros
a água que brinca com as luminárias ininterruptamente
a lua que eu só vejo aí
ela cresce voltada para a esquerda, ao contrário da lua do
hemisfério sul

sonho acordada com os dias e as noites que virão
ir na primavera ao Champs-Elysées
ver a luz nas folhas, as nuances de verde e as flores dos
castanheiros como árvores minúsculas de natal
ir ao Jardin des Tuileries olhar as estátuas
acariciar com os olhos a mulher que se sustenta numa anca
e bendizer as curvas da outra que se chama *Primavera*
diante dela você me disse que a vida pode recomeçar
e eu ouvi que eu posso renascer
sua,
Clara

ps: amanhã eu não envio e-mail por causa da coluna

De: Clara
Para: Verônica
Assunto: Re: Exílio

O e-mail escolhido esta semana foi o seu, Verônica. Segue a minha resposta depois dele.

O fato de não saber explicar o que me aconteceu é um tormento. Dia e noite eu aqui me perguntando por que foi, por quê?
Três anos com um homem que eu adorava! O Cláudio. Ele chegava e era a lua que eu via. Olhos de índio e boca de mulato. Seria capaz de reconhecer a boca dele até no escuro. Era ver e eu já queria. Tesão maior não podia existir.
Nós nos conhecemos e não nos separamos mais. Uma semana depois do encontro, o Cláudio me disse: "— Verônica, vem morar comigo". E eu fui. Minha mãe tentou impedir. Conseguiu? Não. E a vida a dois começou.
O dinheiro era curto, mas dava para comprar uns discos, ir ao cinema, ao restaurante, fazer uma viagem de vez em quando. O suficiente porque era o calor das noites que contava.
"— Verônica, vem cá." E eu ia. Em qualquer lugar. Na sala, na escada, no banheiro e até na cama. Bastava encostar e nós rolávamos. O Cláudio me dizia: "— Vai, faz o que você quiser". E eu, como ele, estava para tudo. "— Vai" e ele se embrenhava.
Para nós — dois cavalos com asas de luz — a noite era curta e, nos fins de semana, o sol raiava também à

*tarde. Eu vivia com os lábios intumescidos e o espelho
me dizia que eu era bonita e o meu nome era* Prazer.
Verônica Prazer. *O Cláudio conhecia todas as canções
de cor. Cantadas por ele, as palavras eram como sons de
cristal.*

*Só uma coisa eu estranhava. Na hora de ejacular, ele me
pedia que dissesse: "— Eu te traí". Eu não dizia, não
atendia o pedido, pois era fiel. Era fiel e gostava de ser. Ele
então repetia* você me traiu *até ejacular.*

*Um dia, chegou do trabalho com um vestido vermelho meio
transparente: "— Experimenta, Verônica. Sem calcinha
e sem sutiã". Tirei a roupa de baixo e pus o vestido. "—
Você devia ir assim na festa amanhã."*

*Estranhei a sugestão e não respondi. Mas, no dia seguinte,
fiz exatamente o que ele sugeriu. A partir daí, nada mais
deu certo. O amor secou e nós começamos a brigar. O
Cláudio desconfiava de tudo.* Onde você vai? Por quê?
Com quem? *Chegou a contratar um detetive. Que injustiça!
Logo comigo que nunca sequer imaginei a possibilidade de
trair. Eu,* Santa Verônica.

*Suportei tudo até um dia ouvir: "— Você não passa de
uma louca".* Louca? Eu? Por quê? *Foi a gota d'água. Fiz
as malas e voltei para a casa da minha mãe, onde pareço
estar no exílio, degustando fel. Depois de ter sido* Prazer *e*
Santa, *me tornei* Verônica Degredo.

*Já chorei o que podia, o meu choro secou. Todo dia parece
quarta-feira de cinzas. No espelho, eu vejo os meus olhos
fundos, são olhos de cantor de tango ou de fado, e eu já
não me suporto mais.*

Como explicar a mudança do Cláudio? Às vezes penso que ele não agia conscientemente, tinha dupla personalidade. Vou até consultar um psicanalista. Antes disso, segue este e-mail. Gostaria que você me dissesse quando, em que circunstâncias, o amor é feliz. Porque foi o amor que me condenou ao exílio, mas sem ele eu não saberia o que o paraíso é.
Verônica

Será mesmo que você não sabe o que aconteceu, Verônica? O que te separou do Cláudio foi o ciúme. Ele fazia "o estranho pedido" para que você dissesse que ele era o único. Sugeriu que você usasse o vestido transparente para que você recusasse. Queria provas de fidelidade eterna — imaginária e real. Garantias que o amor não pode dar. O amor — sobretudo o amor-paixão — é filho do tempo, tem um pavio apagador.

Ao exigir as provas, o Cláudio desrespeitava o amor que não requer provas e, além disso, te desrespeitava, pedindo que você fizesse o contrário do que você desejava fazer. Acho que ele não sabia o significado do "estranho pedido" para você e tampouco o que significava pedir que fosse à festa de vestido transparente.

Acabava sendo cruel e você, sem se dar conta, também era, embora a sua crueldade tenha sido passiva. Pelo menos até o dia em que você se exibiu publicamente. Essa história me faz pensar nos versos de um poeta: "Dois amantes se amam cruelmente/ e com se amarem tanto não se veem".

Dois sádicos, ou melhor, dois sadomasoquistas. Porque não há sadismo sem masoquismo. Um é a contrapartida do outro. Só por masoquismo você suportou tudo e não perguntou qual a razão do pedido. Estranhava e não se autorizava a perguntar nada. Fazia de conta que achava tudo normal, escondia o seu verdadeiro sentimento, porque não gozava de liberdade alguma. Agora, como o amor sem a confiança e sem a liberdade não pulsa, você e o Cláudio estão separados. Para sempre? Isso, Verônica, eu já não sei. E será mesmo que foi amor ou foi tesão sem compaixão? O amor implica a delicadeza. Seja como for, degustar infindavelmente o fel é uma forma de continuar ignorando o que se passou, não refletir, não querer saber.

Sou incapaz de dizer quando e como o amor se cumpre; porém, sei, por experiência, que a liberdade da palavra é decisiva para os amantes. Quem não a preza se despreza e se dá mal no amor.

Clara

De: Sébastien

Para: Clara

Assunto: você me surpreende

me surpreendi com o seu último e-mail
com a ideia de que a liberação sexual estava associada a
uma obrigação
não entendo muito bem
quanto ao Champs-Elysées, ele te espera
e eu para os dias e para as noites
querendo simplesmente estar com você
porque, em qualquer lugar, nós juntos ficamos bem
acho que seria assim até numa cidade arrasada pela guerra
porque, para nós, é a palavra *junto* que dá sentido à palavra
liberdade
S, Sebastião

ps: recebi o e-mail que você escreveu para Verônica e
transferiu para mim
me perguntei se nós dizemos tudo o que precisa ser dito

De: Clara
Para: Sébastien
Assunto: o direito de não transar

quanto à sua pergunta, a resposta é que eu só não te digo
aquilo de que não tenho consciência
ou aquilo que seria inepto dizer
porque só implicaria te/me perder
quanto à liberação sexual, acho que ela foi sinônimo de
obrigação
porque para ser liberada era preciso transar e ter orgasmo
eu quero ter o direito de não transar e de não ter orgasmo
não ter que provar absolutamente nada em matéria de sexo
as provas são para os atletas, e não para os amantes que se
amam e nada mais
o que me importa é que eu possa me surpreender
errar pelo teu corpo e chegar onde nunca estive
alcançar o orgasmo ou não, mas te encontrar sempre de
maneira nova
quando nós fizermos amor, será a milésima vez que nós nos
tocamos pela primeira vez
Clara

De: Sébastien
Para: Clara
Assunto: pertinho

me lembrei das tuas mãos o dia todo
tão leves quando me acariciam
quando passeiam pelo meu corpo
para não pensar mais nelas, tive que sair de casa
fui de metrô para a Place de l'Opéra
comprar o disco de que você me falou
topei em tantos japoneses apressados e casais de turistas
que desisti
voltei a pé e, no Louvre, a cidade me tomou
sombria e cintilante
obra de um grande joalheiro
de repente, você estava ao meu lado
na Pont Neuf
coladinha, quente no meu braço
fiquei sem saber se eu estava muito feliz ou muito triste
o fato é que você não me largou mais
e eu vi o *bateau-mouche* iluminar o teu rosto
vi os postigos do barco que você apontou e pensei no
mistério das vidas nele vividas
quis singrar com você
"— Vamos?"
sorrindo, você respondeu: "— Por que não?"
continuei a olhar e vi os furos de luz no rio que fremia
você então assoprou no meu ouvido que ele fremia como eu
"— O quê?"
"— Sim, como você, como o teu sexo"

nós nos abraçamos até já não sabermos quem era um e
quem era o outro
assim, nós alcançamos a eternidade
você já sabe a data da sua transferência?
quero passear com você, estar de novo junto
S, Sebastião

De: Clara
Para: Sébastien
Assunto: junto

nós temos duas palavras que são nossas: *ainda* e *junto*
você é que me fez escutar a palavra *junto*
até você, ela nada significava
é possível que eu tenha sido arrebatada por ela
isso aconteceu quando você me convidou para o almoço
eu insisti na escolha de um bom restaurante e você
perguntou: "— Será que nós não podemos simplesmente
engolir alguma coisa junto?"
achei horrível
porque eu não sou de engolir qualquer coisa
mas a palavra junto me arrebatou
felizmente, pois nada é melhor do que estar com você
a mão na sua e eu estou no bom caminho
mesmo que nós tenhamos errado o sentido ou a direção

além da palavra *junto*, uma outra contou e muito
foi a palavra *engolir*
porque eu sou uma carnívora, como você bem disse
no começo eu fiz de tudo para esconder isso
para encobrir o meu desejo
foi aliás no telefone que eu soube dele
por um pedido de socorro na tua voz
uma falta que, sem se dar conta, você expunha
foi pelo que eu ouvi e não pela tua imagem
que eu fiquei seduzida

porque, na época em que nós nos conhecemos, você se
fantasiava de qualquer um
não sei se você estava vestido de cinza ou de bege
seja como for, a roupa não era luminosa
me fez pensar no cinza de Paris
digamos que você se apresentou como o *Senhor cinza* até
que nós transamos e você redescobriu as cores
Eva

ps: o editor vai me dizer a data da transferência ainda este
mês — ele depende do diretor do jornal

De: Sébastien
Para: Clara
Assunto: a beleza de quem ama

o *Senhor cinza* baixou de novo
ontem, quando eu passei pela tua rua
na altura do número 50, senti que os meus dedos
formigavam — vontade de digitar o código de entrada do
teu prédio
continuei até o lugar de onde sempre olho as tuas janelas e
me certifico da tua espera
mas a tua casa estava no escuro, nenhuma luz
só me restava seguir para o Sena
de repente, apesar da temperatura agradável, eu senti um
frio louco
me dei conta da distância que, para não sofrer com a tua
falta, eu introduzi entre nós
a falta me mordeu como um beijo e eu fui pela rua mordido
o florista, a *cave*, o joalheiro, o bistrô da esquina e os teus
passos nos meus
senti a tua mão e não pude mais controlar a minha, que
mergulhou avidamente no teu decote
depois, já saciado, eu vi a tua beleza
a nossa, porque quando nós nos amamos eu te espelho
sei que você vai estar bonita quando nos encontrarmos em
Paris — porque eu te amo
Sebastião

De: Verônica
Para: Clara
Assunto: Re: O estranho pedido

Recebi a sua resposta e não me convenci. Será mesmo que o "estranho pedido" do Cláudio era para eu dizer "você é o único", ou será que há alguma outra razão? Fiquei duvidando.

Três dias depois da sua resposta, uma mulher me telefona. Diz que é a esposa do Cláudio e que eu devo me afastar definitivamente dele. O quê? Esposa? Era só o que faltava. Fiquei muda. Eu não sabia que ele era casado! Mas, enfim, consigo perguntar por que então os dois viviam separados. A desconhecida me conta que o casamento era aberto e dava certo. Até ela se apaixonar por outro. Acrescenta, antes de desligar, que os dois agora estão juntos com o firme propósito de serem fiéis.

Fico aterrada, claro. Por ter descoberto o que o pedido realmente significava. O Cláudio queria que eu dissesse eu te traí *porque só ejaculava imaginando que eu era a esposa. Me traía a cada vez que nós transávamos. Depois, ficava imaginando que eu seria capaz de fazer a mesma coisa.*

Sei agora que o pedido não era feito para que eu dissesse você é único, *como você afirma no seu e-mail. Por outro lado, você acertou ao se referir a nós como sadomasoquistas.*

O Cláudio era sádico porque me traía imaginando que eu era uma outra e era masoquista porque transava com uma mulher que, na imaginação dele, era infiel. Sem tormento o gozo para ele não existia. Percebi isso depois do telefonema da esposa. E também me dei conta do quão sádica eu fui no relacionamento. Sádica, além de masoquista.

O que me surpreende, Clara, é ter vivido uma história como essa. Masoquista para mim era aquele sujeito que a gente vê nos vídeos pornográficos, quase sempre amordaçado, sendo golpeado ou fustigado. Jamais me ocorreu que isso pudesse ter algo a ver comigo, que eu gostasse de sofrer como minha mãe.

Ela aceitava tudo do meu pai. Fazia vistas grossas quando ele chegava de madrugada na ponta dos pés. Ouvidos moucos quando ele ameaçava bater.

O fato é que o telefonema aterrador me trouxe algumas luzes. Me fez perceber que nunca desejei saber de nada sobre o passado do homem com quem vivia, porque não queria que ele tivesse um passado. Datava a existência do Cláudio a partir do nosso encontro. Porque morria de ciúmes. A verdade crua e nua é essa.

Acho que foi o tal amor "dos que se amam cruelmente", ou foi "tesão sem compaixão", como você diz. Seja como for, o romance já era, acabou. E eu não preciso mais de alguém que me esclareça o ocorrido. O que eu agora quero é me tratar. Chega de engolir fel.

Verônica

De: Clara
Para: Verônica
Assunto: Re:Re: O estranho pedido

O Cláudio então era casado e, para transar com a
esposa infiel, pedia a você que dissesse *eu te traí*. Quem
imaginaria? Pensei, por causa do ciúme, que ele fizesse o
pedido para que você o contrariasse, reafirmasse a cada vez
a sua eterna fidelidade. E nunca para que você passasse por
uma outra sem consentir nisso.
Eu me enganei, Verônica, e o meu engano mostra que, em
certas circunstâncias, é preciso esperar para saber. Talvez,
por isso, um psicanalista amigo meu diga que a causa do
comportamento a gente só entende depois. *Só depois*, diz
ele.
O poeta que escreveu *os amantes se amam cruelmente* deu
a um dos seus poemas o título *Isso é aquilo*. Poderia ser o
título da história que você me contou, não é?
Os poetas são os melhores consultores. Por isso eu recorro a
eles sempre.
Boa sorte.
Clara

De: Sébastien
Para: Clara
Assunto: web love

eu ontem andei pela cidade com você na cabeça
agora, estou lendo os teus e-mails
adoro o que você me conta sobre mim
e mais ainda o que você diz sobre você
quero saber do teu desejo
hoje e sempre
Sébastien

De: Clara
Para: Sébastien
Assunto: um amor que justifica ter nascido

sei exatamente quando e onde
o meu desejo se tornou imperativo
foi no Olympia
nós ouvíamos Gilberto Gil
sob o céu de estrelas do velho teatro, em duas poltronas de
veludo vermelho
e eu imaginei que não havia mais ninguém ali
vendo Gil, eu via a Bahia, o Brasil das mães e dos pais
de santo, dos atabaques que não param, tiram você da
realidade e te dão a força dos Deuses
era uma bênção estar ao seu lado, ouvindo o Orfeu Negro
do Brasil
foi ele que primeiro me liberou
não fosse a música, eu não teria me entregado a este amor
que faz a vida valer e, por isso mesmo, me impede de
ignorar a morte, o tempo que passa, a condição de mortal
um amor que justifica ter nascido
porque à diferença dos *amantes que se amam cruelmente*
e não se veem, nós nos amamos amavelmente
você é como eu desejo que você seja e eu também
nós somos como dois atores
consentimos em fingir
porque amar nos faz bem
Clara

De: Sébastien
Para: Clara
Assunto: a vocação do ator

verdade, nós dois temos a vocação do ator
cada um quer servir à fantasia do outro
encarnar diferentes personagens
o melhor amor é o dos que podem se transfigurar
o dos que têm a natureza do camaleão
S

De: Clara
Para: Sébastien
Assunto: o amor renova

me lembro da tua transfiguração no Olympia, no teatro
o Gil cantava e eu, embalada pela voz, batia nas tuas costas
com a ponta dos dedos
fazia delas o meu tambor
para te dar algumas ideiazinhas, claro
porque você estava ao meu lado como um ferido de guerra
ou melhor, como um ferido de casamento
sem a possibilidade de tomar a menor iniciativa
plantado como uma estaca
mas por que ele está assim?
na época, eu ignorava o que havia acontecido com você
mas entendi logo que era preciso dar tempo ao tempo
a gente quando gosta entende rapidamente
não pode correr o risco de perder o outro
o amor torna inteligente
ensina a paciência à mais impaciente das criaturas
ele renova
quem ama bebe na Fonte da Juventude, que não é
imaginária, ao contrário do que os tratados de história
fazem crer
sempre li que essa fonte é um dos mitos associados ao
paraíso
que os descobridores largaram do continente e ousaram o
mar para encontrá-la
mas a fonte não é mítica
para os amantes ela existe

como aliás o paraíso
você e eu sabemos disso
porque você e eu entramos nele mil e uma vezes
só com a carícia
com a tua e com a minha mão
benditas sejam elas
o amor a quatro mãos
Clara

De: Sébastien
Para: Clara
Assunto: quem ama toca a alma

é tão bom acariciar a tua nuca quanto os teus seios
porque eu sei como a carícia te agrada
e, quando você me segura a mão, você me toca a alma
acordei pensando no dia em que vou te encontrar
rolar com você assim que a porta do apartamento estiver
fechada
deixar que o meu corpo se confunda com o teu para ficar
depois ao teu lado
ficar simplesmente
tão nu quanto você
tão inocentado pelo amor — pela nossa liberdade
sempre nova
nós seremos ainda mais inocentes do que no dia em que nos
conhecemos
o amor de tal forma me contenta que eu agora entendo por
que, na Andaluzia, os emires se declaravam escravos das
suas amantes
por que os poetas provençais — imitando os andaluzes —
inverteram a relação tradicional entre os sexos e se
disseram servidores das suas damas, que eles chamavam de
suseranas
só quem nunca viveu o contentamento que o amor propicia
não entende a inversão
S

De: Clara
Para: Sébastien
Assunto: nem servidor nem suserano

intrigante o teu e-mail
a inversão a que você se refere deve ter sido necessária na
Idade Média
porque a mulher não era livre e, sem liberdade, o amor não
existe
foi preciso que o homem a chamasse de suserana e se
dissesse escravo ou servidor para que o amor se tornasse
viável
ele dizia *sou seu escravo, seu servidor*
nem por isso o amor escravizava, claro
o que escraviza é o gozo
o gosto da insatisfação e do ódio
o e-mail da Roberta que eu recebi depois da última coluna é
a prova disso
copio abaixo (o e-mail dela e a minha resposta)
Clara

Vivo uma história de que não gosto. Bem clássica, por
sinal. A mulher é solteira e ela é amante de um homem
casado. A solteira sou eu, que estou há dois anos com o
Caio. Sempre achando que melhor seria não estar. Não só
porque ele "não é de largar a esposa com dois meninos",
mas ainda porque eu tenho trinta anos e quero um filho.
Duas razões para justificar a separação, que eu tentei
sem conseguir. Trabalhei noutra cidade, tirei férias no
exterior... Argentina, Estados Unidos e, se pudesse,

*teria ido para a Cochinchina. Era só voltar e o caso
recomeçava. Até que eu passasse a lamentar a sorte. Há um
mês, depois de ouvir a mesma ladainha pela centésima vez,
o Caio me disse que não queria mais continuar.
Concordei sem aceitar. Sem o Caio eu não me enxergo.
Preciso dele para me amar. Só gosto do meu rosto
pela foto que ele tira. Do meu corpo, pela roupa que
ele escolhe. Há quinze dias, ousei mandar um e-mail
perguntando como ele ia. Resposta: "Vou bem". Passada
uma semana, pedi um contato virtual através da internet.
O Caio entrou na sala quando eu falava com uma
internauta chamada Helena. Depois, saiu e voltou com
outro nome para falar só com ela. Acredite se puder.
Percebi a manobra e, para tirar o caso a limpo, passei a
frequentar o bate-papo todo dia. Até encontrar a Helena e
perguntar o que havia se passado entre os dois. Resposta:
"Uma troca de e-mails em que, além de coisas íntimas,
ele dizia que você não dá sossego, não passa de uma ex-
namorada que ele pretende despachar".
Saí humilhada. Como é possível passar de uma para outra
sem mais nem menos? Como é possível que para ele eu seja
qualquer uma e que todas, com exceção da mãe dos filhos,
o sejam também? Por um lado, o Caio não suporta ficar
só com a esposa. Por outro, não se entrega a ninguém.
Nenhuma mulher é única, pois só o que interessa para o
Caio é seduzir. Ele só gosta de si mesmo.
No dia seguinte à humilhação, eu fiz uma loucura. Entrei
no bate-papo com o nome que o Caio havia usado:
Eduardo. Pensando que eu era o Eduardo, a Helena
escreveu: "Eu ontem falei com sua ex-namorada, porém*

não contei que você se separou e quer se casar de novo.
Também não contei que você e eu já nos vimos".
Quase desmaiei. Por que ele mentiu? Por que essa necessidade
de me enganar? Tenho vontade de pedir uma explicação e de me
vingar, contando para a moça o que o Caio fez comigo. Estou
perdida, sem a menor ideia do que devo fazer.
Roberta

Só posso te escrever o que você já sabe, porém ainda quer
ignorar, Roberta. Recapitulo os fatos.
Primeiro, você não aceita as condições do Caio, mas nem por
isso se separa dele. Por que você gosta de ficar insatisfeita?
Segundo, você faz de conta que aceita se separar, para
logo depois pedir um contato virtual. Tenta se reaproximar
do Caio, quando ele já havia dito que não queria mais te
ver. Podia dar certo? Não, claro. Acho mesmo que, sem
perceber, você fez a Helena entrar em cena. Obrigou o Caio
a se valer dela para te afastar.
Terceiro, você usa o nome do Caio para tirar da Helena
informações que ela não daria se você se apresentasse com
o seu verdadeiro nome. Ou seja, mente para conseguir o que
quer. Complicado, não é, Roberta?
Daí a tragicomédia. Você descobre que o Caio se separou e
pretende se casar de novo. A palavra *descobre* é obviamente
inadequada. Você já sabia que o Caio é de ter vida dupla.
Quando vocês estavam juntos, ele tinha a esposa e a amante,
você. Ele tanto gosta de ser casado quanto de ser adúltero. Sem
a esposa, a amante não existe. Mas é possível que ele tenha
falado em casamento com a Helena só para seduzi-la.

O Caio é um sedutor, como você mesma disse, um Don Juan, e, portanto, até a promessa de se casar é um recurso que ele pode utilizar para conquistar as mulheres. Para ele, os fins justificam os meios.

Li que todo Don Juan se exerce numa contabilidade estranha. A cada conquista ele se diz: "Uma a menos". Ou seja, uma a menos por seduzir, pois ele se sente obrigado a seduzir todas. Vasto programa! Só de pensar eu já me canso.

Don Juan conquista pelo gosto de vencer a resistência feminina. Toma-se por um general e concebe o amor através da guerra. Na verdade, usa o amor para testar o próprio poder. Obtida a vitória, deixa o território conquistado, se retira. Só na mudança ele encontra prazer. Por isso não se fixa e, sem nunca se satisfazer inteiramente, se satisfaz através de qualquer uma.

O seu descaso pelas mulheres, sua misoginia, é evidente. Passa a existência vislumbrando a totalidade das mulheres e não enxerga nenhuma. E você diz que precisa do olhar do Caio para se enxergar. Ora, Roberta... Que insensatez!

Para ele o amor é uma forma de caçada, uma esparrela. Espero que você desista de pedir explicações a este homem frio, que jamais diria como você: "Sem ela eu não existo". Como todo Don Juan, o Caio se exercita continuamente na mentira e não vive sem ela.

Também é melhor não se vingar dele, contando para a Helena o que se passou entre vocês. Para que se imiscuir na história dos dois? Provocar ódio? Cuidado. Odiar é tão perigoso quanto ser odiado. Faz mal.

Quando o tempo é ruim, Roberta, a gente espera melhorar. Um dia chove e no outro bate sol.

Clara

De: Sébastien
Para: Clara
Assunto: o amor me liberou

a contabilidade de Don Juan, a do Caio, não é a minha
porque você é *mawlanga* e *sayyidi*, meu mestre e meu
senhor. e é claro, meu bem, que o amor não escraviza
não sei por que concluíram que sim
será que o amor é tão raro por causa dessa conclusão
errada? as pessoas temem a escravidão
já eu sei que o amor me liberou
com você eu aprendi a me respeitar, a não abrir mão do
que desejo
nenhum de nós renunciou ao que quer que seja
tenho certeza de que o amor só escraviza
quem precisa ser escravo
quem é masoquista, como eu no casamento
Sébastien faz e eu fazia
desfaz e eu desfazia
um eterno robô

saudade da tua voz
não há música que eu prefira a ela
ao teu gemido quando eu te escavo
quando, de olhos fechados, você implora o tumulto e eu me
afundo no teu poço lilás, o teu sexo vertiginoso esculpe o
meu e nós dois, enternecidos, raiamos
e a transferência, Clara?
o editor ficou de te dizer a data
Sebastião

De: Clara
Para: Sébastien
Assunto: o amor me mudou a vida

"as pessoas temem a escravidão"
lendo isso no teu e-mail, eu me lembrei do verso de um
poeta russo: "para o júbilo o planeta está imaturo"
o poeta poderia ter escrito que o planeta está imaturo para o
amor, que implica a delicadeza
nós não somos perfeitos,
mas nunca fomos indelicados
correr o risco de te afastar?
de não mais te ouvir?
não mais ver o que eu só agora vejo?
a árvore que desponta como uma grinalda
ou a espiga de trigo como um raio de luz
desde que nos encontramos, o mundo que eu enxergo não é
o mesmo
talvez porque eu não passe por ele sem olhar
com você eu aprendi a importância do que sinto
me dispus a sentir mais e me tornei mais atenta
por isso eu vejo mais nuances e mais detalhes
de tão tomada, eu pareço distraída
mas eu não estou distraída
e o que os outros pensam não me importa
Clara

De: Clara
Para: Sébastien
Assunto: o mundo mudou

o mundo mudou
não só porque eu não olho para ele da mesma maneira, mas
ainda porque eu não sou a mesma desde que você me olha
eu mudei aos meus olhos
eu me vejo de outra maneira
eu, que só me vestia de preto, agora uso as cores todas e já
não dispenso o chapéu
ouso até um de aba larga com flores
como o das mulheres que Cézanne pintou
se me disserem que está fora de moda, eu não me
importarei e me valerei dele para uma foto
o amor me ensina a fazer o que eu quero
e é por isso que ele talvez mude a minha vida
C

ps: abaixo o texto do fax que eu enviei para o editor

Eli,
Recebi uma infinidade de e-mails por causa da última
coluna. Vou encaminhar para você.
Você já falou com o diretor sobre a transferência?
Preciso saber a data o quanto antes
Um abraço amigo.
Clara

De: Sébastien
Para: Clara
Assunto: mais te olhar

a tudo, Eva, eu prefiro te olhar
com ou sem roupa
de branco ou de outra cor
com ou sem chapéu de aba larga
com ou sem a boinazinha preta
queria ter nascido pintor só para te pintar
emoldurar com o arco-íris o teu rosto
ou com ele iluminar o teu corpo
te vestir — por que não? — de preto
queria ser um artista para te imortalizar
S, Sébastien

De: Clara
Para: Sébastien
Assunto: variar é preciso

foi por causa do teu olhar que eu passei a gostar mais de mim
mas também por causa do que você diz
me lembro do dia em que eu comentei na Place de la
Concorde que não suporto o inverno
olhando para a nereide da fonte, você me respondeu:
"— Uma pele iria tão bem em você!"
esqueci do inverno e passei a me perguntar qual delas
imaginar que estava nua como a mulher da fonte, só com
um boá
variar importa tanto na vida quanto no amor
surpreender
nisso, você e eu somos mestres
também em deixar que a vida, com o passeio, nos
surpreenda
porque descobrimos que a surpresa mora na esquina
tanto pode ser a cor de garapa do Sena
quanto, no entardecer, sua cor de marcassita
o nome de um beco, de uma ponte, de uma placa na rua
lembra da placa em frente da casa da amante do Rodin,
Camille Claudel?
na ilha São Luís, Quai Bourbon,
estava escrito: "há sempre algo de ausente que me
atormenta"
eu olhei a placa e te disse que nada é melhor do que a
tua presença
você respondeu que é uma sorte ter ao teu lado uma mulher
terna como eu
Clara

De: Sébastien
Para: Clara
Assunto: saudade simplesmente

eu às vezes me pergunto se você existe
porque duvido da realidade do nosso amor
ainda que não me imagine sem ele
ontem não estava frio e eu passeei durante horas
a melhor Paris é a que a gente encontra quando erra e se
deixa surpreender pelo que vê
fui da Pont Notre-Dame à Pont Neuf pelo cais do Sena,
olhando o pôr do sol
ao passar na Pont au Change, lembrei do seu e-mail de
ontem e me detive na placa da ponte, que chama Pont au
Change porque ali ficavam os cambistas
o nome conta a história de Paris e eu havia passado muitas
vezes por ela sem me dar conta disso
porque não olhava com os teus olhos curiosos
olhos de estrangeira
você me ensinou a curiosidade
na Pont au Change eu vi a vitória dourada da praça do
Chatelet que me lembra uma cigana
parece que vai sair requebrando
fiz o passeio inteiro com as botinhas que são iguais às tuas
e, quando eu me olhava andar, parecia que eram os teus pés
que andavam nos meus
voltei tarde e adormeci escutando um CD de música
brasileira
acordei lembrando do dia em que você embarcou para
o Rio

das tuas mãos tão atentas
tão leves ao construírem a tua memória do meu corpo
elas me tocavam como as mãos de um cego
saudade das tuas mãos e dos teus lábios ensolarados
S, Sebastião

De: Clara
Para: Sébastien
Assunto: bendito seja o incesto imaginário

eu primeiro te tomei pelo meu menino
porque a cada dia ele me escapava um pouco mais
crescer é se separar da mãe
nos teus braços eu matava a saudade
com teu corpo de adolescente
como se ele tivesse sido esculpido para o meu
você era tão benfazejo que eu não podia resistir
mulher nenhuma poderia
como resistir a um homem que se deixa ninar?
pena que as pessoas do teu sexo não aceitem isso
quando nós nos amamos, eu ouço uma cantiga de ninar, um
lullaby
eu te amo como se você fosse um filho
com mil e um cuidados, preferindo empatar a vencer
Clara

ps: vou responder a um leitor da coluna que se detesta por
ter sido violento com a esposa
terminando, eu encaminho

De: Clara
Para: Paulo
Assunto: Re: Tara

O e-mail escolhido esta semana foi o seu, Paulo. Segue a minha resposta depois dele.

Tenho vergonha do que vou te escrever, Clara. Só escrevo porque o meu comportamento me enlouquece, a minha tara. Sou casado com a Luci, a mais amável das criaturas, e eu me detesto pelo que faço com ela.
Conheci a Luci no instituto de fisioterapia onde trabalho e onde ela foi se tratar. Era um simples torcicolo. Durante duas sessões, fiz massagem nas costas e, se me pedissem para descrevê-la, eu seria incapaz. Terminada a sessão, eu marcava a seguinte, recebia o dinheiro e até logo. Na terceira vez, pedi que ela se virasse na mesa. Luci estava nua e eu a cobri com uma toalha, como de praxe. Mas, antes, eu vi os seios! Duas peras durinhas, com o viço do fruto quase maduro na árvore.
Me senti atraído e, a partir daí, não tive como não olhar mais do que a ética recomenda. Do lugar onde estava, atrás da mesa e junto à cabeceira, massageava examinando os traços dela. As sobrancelhas levemente arqueadas emolduravam os olhos mais negros. Duas jabuticabas. O nariz era reto e a boca, de lábios carnudos, feita para o beijo — como os seios para a minha boca.
Nesse dia, além do profissionalismo, eu perdi a hora e, em vez de trinta minutos, a massagem durou sessenta. Só o que eu queria era estar ali olhando e ouvindo, pois a Luci

*falava durante a massagem. Me contou que teve o torcicolo
depois de um acidente de carro com um namorado de quem
ela ia se separar "para não morrer na estrada", pois já era
o segundo acidente. Um "namorado louco".
Na sessão seguinte, contou mais e eu não resisti. "— Que
tal continuarmos a conversa na hora do jantar?" Luci
aceitou e, desde então, nós estamos casados. Há vinte e
cinco anos. Ela é particularmente cordata e se submete à
tara que eu tenho, a de vesti-la como garota — sandália
alta de amarrar, minissaia e tomara que caia... Garota
ou* call girl: *camiseta, shortezinho transparente — sem
calcinha e sem* soutien.
*Sempre que posso eu compro roupas para a Luci. Da
última vez, presenteei com um* body *preto aberto no sexo
para usar com salto alto e uma camisa que deixasse a
forma do busto aparecer. A roupa era para nós irmos a
uma boate, onde o sexo dela ficaria à mostra sempre que se
distraísse.
Nós fomos e dançamos muito. Depois, sentamos no bar.
Um, dois, três uísques e ela, esquecida da roupa, se expôs.
Atraído, um homem quis tirar a Luci para dançar. Ela
recusou delicadamente, mas o tipo, dando as costas, disse:
"— Putinha, você não passa de uma putinha." Levantei
como uma fera. Para bater. Dois guardas vestidos à
paisana me seguraram pelos braços, um terceiro me deu
um soco e eu fui arrastado para fora.
Cheguei em casa com a Luci aos prantos. Pedi desculpas
e me fechei em copas com a palavra* tarado *na cabeça.*
Tarado, tarado... *E eu, que não gosto de remédio, tomava
calmante durante o dia e sonífero à noite. De tarado, passei*

a traumatizado e a culpado. Ao ler na sua coluna que "o desejo do gozo não justifica tudo", me dei conta do meu erro.

Há anos eu exibo quem só sabe me dizer sim, *quem só tem olhos para me ver. Exibo a Luci pelo prazer que a cobiça dos outros me dá, pela excitação. Disso eu sei, mas não é suficiente para eu me livrar da minha tara. Você, que escreve sobre amor e sexo, certamente sabe o que eu devo fazer para não me repetir.*
Paulo

Você diz que se detesta pelo que faz com a Luci. Entendo. Quem ama não se serve do parceiro — como de um mero instrumento — para ficar "excitado", alcançar assim o gozo. O amante não induz o amado a fazer algo que contrarie sua disposição natural.

Você se detesta porque sabe que, se não pedisse, a Luci não se vestiria espontaneamente de garota ou de *call girl*. Do contrário, você não teria me escrito: "ela se submete à tara que eu tenho". O uso do verbo *submeter* revela que a sua esposa está agindo a contragosto.

Acredito que ela não correria o risco de ser tratada de putinha. Sacrificou-se para te agradar. Uma, duas, três vezes. Até você passar de tarado a culpado. Mas a que te leva a culpa se você não renuncia ao gozo que a exibição sexual propicia? A nada, claro.

Acho que você precisaria descobrir por que fica tão excitado quando um outro vê o corpo da Luci. Descobrindo a razão, você talvez deixe de ser escravo de algo que te escapa e maltrata "a mais amável das criaturas".

Você escreveu no e-mail que se deu conta do seu erro ao ler na coluna que "o desejo do gozo não justifica tudo". Mas não é propriamente de um erro que se trata. Você queria, a Luci aceitava e ponto. Você não sabia das consequências da sua conduta, da violência a que expunha a sua esposa. Agora, é descobrir o porquê do exibicionismo e não cair mais em tentação. Se cair, dê à Luci uma roupa sexy, para ela se exibir no carnaval. Acho que você só sai dessa aceitando que o inconsciente existe. Que você não é inteiramente dono de si mesmo, porque está sujeito a algo que te escapa. Melhor procurar um psicanalista, Paulo, do que passar o resto da vida dizendo mea culpa, mea culpa, mea culpa. Curioso as pessoas preferirem se incriminar a aceitar que não há como ter controle sobre tudo o que acontece. Parece que ter culpa afeta menos do que ter um inconsciente. O porquê disso eu não sei. Só sei que, ao conceber o inconsciente, Freud se referiu a ele como a uma ferida narcísica e previu mesmo que seria difícil passar a mensagem. Foi, mas ela acabou passando, porque a verdade é que nós não temos como controlar a vida, que é dura e linda como um diamante.
Clara

De: Sébastien
Para: Clara
Assunto: com você eu posso

impressionante o e-mail do Paulo e a sua resposta
tomara que ele encontre uma saída
consiga se livrar do exibicionismo
e deixar em paz a Luci
por sorte você me ama com cuidado — como se eu fosse
um filho
sempre desejei ser amado assim
no meu caso, a mulher precisava ser materna
sei disso quando, para me acariciar o sexo, você me envolve
com o braço e eu deito a cabeça no teu ombro
quando você me acalenta para que eu possa me entregar
sem freios ao prazer
possa adorar o meu sexo
existir para ele imerso na tua flor
o mais, Eva, são as mil vezes em que você e eu
estaremos juntos
para fazer o sino da delicadeza soar
a luz do encontro eclodir, a que me ilumina sempre que a
bruma da saudade me cega
o editor se manifestou?
a cada dia a transferência é mais premente
te ver o quanto antes
Sebastião

De: Clara
Para: Sébastien
Assunto: surpresa

o editor ainda não se manifestou
vou escrever de novo
acabo de receber um e-mail do Paulo que eu encaminho
porque você vai gostar

Não me animo a procurar o psicanalista como você me aconselhou. Apesar de a Luci insistir nisso e estar inclusive se tratando. Para deixar de ser maria vai com as outras, *diz ela. Não sei exatamente o que a expressão significa; porém, alguma relação deve ter com a submissão à minha fantasia de vesti-la como garota ou* call girl.
Isso agora acabou. Depois do seu e-mail, não me ocorreu mais exibir a Luci. Perdi o interesse. O fato é que eu agora estou desenhando roupa de baixo para mulher, lingerie.
Vendo os desenhos, um conhecido sugeriu que eu me profissionalize. Teria que estudar. Estou pensando. Quem sabe.
Paulo

De: Sébastien
Para: Clara
Assunto: meu anjo

gostei do e-mail do Paulo
deixou de ser *tarado*, *traumatizado*, *culpado* e passou a
desenhar *lingerie*
fiquei surpreso com isso
não entendo nada de psicanálise, mas acho que você foi a
psicanalista dele
a Luci pode dormir em paz
e você também
porque eu estou aí
como um anjo da guarda
Sebastião

De: Clara
Para: Sébastien
Assunto: desde que eu te amo eu sou menos mortal

adormeci lembrando do nosso primeiro café da manhã
foi no Chatelet
os alemães sonolentos sentados com a mochila ao lado
os pratos empilhados, os copos cintilando na prateleira, nem
um só toco de cigarro no chão, a faca plantada na manteiga
à espera de um pedido, o dono a postos para começar e
você que me abraçou exatamente como me abraça agora
acordei sonhando com teu rosto, o que eu vejo quando nós
nos amamos e é igual ao da foto do álbum, você com
vinte anos
um rosto que só eu vejo
concluí que a fonte da juventude sou eu
fazer amor com alguém é dar de beber da água dessa fonte
por isso, eu amo o amor
acho que só na idade em que já não é possível viver sem
óculos o amor é verdadeiramente amado
na idade em que já ninguém diz, como Tristão e Isolda, que
prefere morrer a viver
não diz isso porque sabe que vai morrer
Clara

De: Clara
Para: Sébastien
Assunto: o teu rosto de faraó

você ontem não me escreveu e eu sonhei de novo com
teu rosto
não o do álbum, mas o teu rosto de faraó
o que eu vejo pouco antes do teu jorro
olhos estirados pela espera
lábios de Monalisa
e a pele da cor do bronze
uma expressão de quem não quer e não pode falar
sequer gemer pode
expressão de estátua ou de recém-nascido
de quem não vê, não fala e não ouve
mas não é cego, não é mudo e não é surdo
simplesmente está em suspenso
fora do ar
Clara

De: Sébastien
Para: Clara
Assunto: você esculpiu o meu sexo

o café da manhã no Chatelet me fez lembrar do nosso
começo
naquele tempo, você era simultaneamente ávida e reservada
o teu prazer se exprimia com força, mas iniciativa
você não tomava
logo se abria, só que pouco me tocava
eu degustava a penetração, esquecido de você
cada um de nós prestava mais atenção em si mesmo do que
no outro

depois, nós passamos a nos tocar
os nossos corpos se encontraram
nós nos perfumamos
sorvemos os nossos licores
a nossa carícia se tornou forte, íntima e leve
você moldou o meu sexo e eu estirei os teus seios
o teu fundo se tornou sutil como uma boca
nós aprendemos a arte de amar
Sebastião

De: Clara
Para: Sébastien
Assunto: de corpo e alma

aprender é o termo exato
não fosse a tua maneira, eu não teria descoberto que eu amo
o meu gozo
foi por isso que eu pude me entregar
ser feliz, apesar do tormento de te querer continuamente
como se nós fôssemos aquelas duas metades a que Platão se
refere no *Banquete*
duas metades oriundas de um mesmo ser cortado ao meio,
que não suportavam se separar
uma não queria fazer nada sem a outra, nem mesmo comer
eu amo o meu gozo porque você é terno
até com o sexo você consegue me ninar
no começo, bastava que você me penetrasse para eu
sentir sono
cheguei mesmo a dormir
lembra?

desde que nós nos encontramos, eu entendo por que o amor
foi representado na pintura por um instrumento
com você, a hora é sempre musical, o ritmo decisivo
quando eu fecho os olhos e te entrego o corpo, você
me acompanha
quando eu só existo através do teu dedo na minha flor —
como se eu fosse a tua lira
Clara

De: Sébastien
Para: Clara
Assunto: em perfeita sintonia

já havia me ocorrido que dois amantes são como dois
instrumentos em sintonia
foi aliás quando nós estávamos diante do Musée d'Orsay
olhei o museu e comentei que ele parecia uma joia
sintonizada, você se referiu a uma joia da sua infância e me
fez ver as janelas acesas como diamantes incrustados na
pedra
contei e você me respondeu que os descobridores
portugueses atravessaram o oceano pelos diamantes e pelas
esmeraldas
do Brasil
ouvi pensando que eles largaram do velho continente para
se separar das mulheres vestidas de negro
encontrar uma mulher sem vergonha das suas vergonhas —
como você
S, Sebastião

De: Clara
Para: Sébastien
Assunto: não existe pecado ao sul do Equador

verdade que sexo aqui não é pecado
mas o que mais me intrigou, no teu e-mail, foi a história das
janelas como diamantes incrustados
concluí que o amor é o maior dos luxos, porque faz
imaginar, acrescenta aos olhos os olhos da imaginação
uma só palavrinha do amado e os diamantes,
as esmeraldas e os rubis estão ao alcance do amante
nenhum bem é maior do que a sintonia
por ela, eu me transformo em qualquer instrumento
piano, violino ou violão
você também
nós nos acordamos para que a música do nosso encontro
não pare de variar

às vezes eu me pergunto como isso é possível
embora saiba que nós não temos como nos opor
um ao outro
se você me perguntasse quem sou, eu te responderia: *você*
entre nós, a oposição é simplesmente inconcebível, e é por
essa razão que nenhum dos dois precisa pensar no que
vai dizer
C

ps: acabo de escrever um e-mail para o editor

De: Clara
Para: Sébastien
Assunto: o amante é o amado

depois de ter te enviado o meu e-mail, eu me perguntei se o
eu sou você significa que, além de mulher, eu sou homem e
que, além de homem, você é mulher
acho que sim
cada um de nós também é do sexo do outro e nenhum nega
a sua bissexualidade
por isso, um dia, enquanto nós olhávamos um rebocador, eu
te disse que nós mais parecíamos dois travestis
você concordou completando: "— Dois travestis perdidos
na noite"
adorei, por saber que não há nada melhor do que me perder
para te encontrar
me perder com você na cidade

Paris ou Bordeaux, onde nós atravessamos uma *cave*
perfumada, tocamos barricas seculares e você me disse:
"— A música dos meus ancestrais é o vinho, Eva"
Rio de Janeiro, onde os cactos são como tentáculos saídos
da montanha ou como serpentes, imagens da tentação
onde a rocha, milenarmente exposta à luz, cintila dia e noite
os pássaros dão a volta no céu inebriados pelo azul
as borboletas falam pelas asas
e a brancura dos teus dentes contrastará com a pele enfim
morena, bronzeada de sol
Clara

De: Sébastien
Para: Clara
Assunto: Delfos, Acrocorinto

Paris, Bordeaux ou o Rio
e por que não a Grécia, Eva?
Delfos, para olhar o Parnaso
Acrocorinto, onde a prostituição era sagrada e as mulheres
tanto recebiam os homens de Esparta, cujo prazer breve era
sem carícias, quanto os de Atenas, cujo corpo se
queria acariciado
protegidos pela muralha milenar, nós rememoraremos o
culto de Afrodite
você se deitará na grama
tão entregue quanto a beira-mar à onda
tua pele cintilará como os grãos de areia no sol
tua boca terá a volúpia do rodamoinho e o meu sexo te
ofuscará como um clarão
S

De: Clara
Para: Sébastien
Assunto: a grande nova

eu hoje não te escrevo
me limito a copiar o e-mail que eu enfim recebi do editor

Sei o quanto você esperou, Clara, e faz bem comunicar que
a transferência será na semana da Páscoa.
Daqui até lá, a coluna sai normalmente. Seria ótimo
se, além de cobrir os acontecimentos na França, você
continuasse a escrever sobre amor e sexo para o jornal.
O tema é sempre atual. Ademais, o número de e-mails
enviados não parou de aumentar e o diretor está contente
com isso. Aguardo uma resposta sua para a redação do
novo contrato.
Que sorte ir para a França, onde você não vai ter tanto
medo de sair na rua. Aqui, na redação, eu sou o único que
não foi assaltado. O Mario está sendo ameaçado de morte
por um traficante — o Quebrado, cuja rede ele descobriu.
Eli

De: Sébastien
Para: Clara
Assunto: o que é que o amor não pode?

enfim a boa-nova da transferência
viva a Páscoa, a ressurreição
desde que você foi para o Rio eu me consolo com as
estátuas, de tanto que eu as acaricio com o olhar elas se
tornaram íntimas
ontem, vendo a do Luís XIV no Louvre, me lembrei do dia
em que você apontou o rosto dele e me disse: "— Parece o
rosto de Santa Teresa"
encontrei a explicação no fato de as duas estátuas terem
sido esculpidas pelo Bernini
mas, ontem, eu me dei conta de que é o amor do rei pela
França e da santa por Deus que os torna parecidos
só o verdadeiro amor pode tornar semelhantes um homem e
uma mulher
certa estava Teresa d'Ávila ao afirmar perguntando: "— O
que é que o amor não pode?"
ele tudo pode, inclusive me fazer esperar sonhando noite
após noite com o teu rosto
imaginando a tua fenda com um óleo perfumado
a tua pele que brilha como um metal polido
e a ponta dos teus seios que desponta avidamente entre os
meus lábios
Sebastião

De: Clara
Para: Sébastien
Assunto: a beleza de quem ama é surpreendente

como é possível que você e eu ainda estejamos longe
um do outro?
que a morte um dia me separe de você?
o amor faz com que eu me sinta menos mortal
mas, por outro lado, faz com que eu lamente mais o fato de
morrer, de você e eu sermos datados
sempre que você me acaricia eu me pergunto como pode o
amor ser finito
isso primeiro me ocorreu na ponte da Concórdia e eu te
disse: "— A vida não é longa o suficiente para tudo o que
eu quero viver ao teu lado"
você respondeu: "— Decididamente você não é Isolda e
eu não sou Tristão. Para eles, a morte era uma solução,
conosco é o contrário, nós queremos multiplicar a vida"
eu estava de preto e você comentou: "— O preto em você é
luminoso e cor nenhuma seria a do luto"
no mesmo instante, os lampadários da cidade se
iluminaram e eu enxerguei a beleza do teu rosto no lusco-
fusco de Paris
entendi que a beleza de quem ama não se parece com
nenhuma outra
não pode ser fisgada numa imagem, por se tratar de uma
beleza que varia
surpreende sempre
Clara

De: Sébastien
Para: Clara
Assunto: a beleza de quem erra

a beleza de quem ama não acaba nunca
como a de Paris
um dia, passeando, você me disse que a divisão do ano em
quatro estações é abstrata — porque Paris varia com a luz
comparei a cidade a um caleidoscópio
você sempre me abre uma janela nova para o mundo
dela eu olho e vejo a cidade, a casa, a rua, me deliciando
com o que eu nunca antes havia visto
isso me faz pensar no efeito miraculoso da tua presença,
que transforma qualquer lugar num oásis
um cubículo num cômodo sob medida — só para nós dois
uma quantidade insatisfatória de comida numa refeição
frugal assim, tanto faz estar no sítio mais luxuoso quanto
num sítio qualquer
no bar do hotel mais rico ou no bar da esquina
o nosso oásis particular faz ignorar o que não nos agrada
e suspende o tempo que passa
nele, só o presente existe, ou melhor, o presente absoluto
pois o único passado que nos interessa, o único futuro,
é o que realimenta o presente
o que pode nos fazer rir
o amor também é uma consequência do humor, Eva
do teu riso farto e da tua boca de carnívora
cor de pimenta
S, Sebastião

De: Clara
Para: Sébastien
Assunto: o amante não procura, encontra

e se o amor fosse uma consequência do próprio amor?
digo isso pensando na história que você um dia me contou:
um homem pergunta a uma mulher o que ele precisa fazer
para dar a ela uma prova de amor e ela responde: "— Basta
que você me ame"
Picasso disse que ele não procurava, encontrava
o amante é como Picasso
encontra sempre o modo de se aproximar e de estar com
o amado
na verdade, ele é um sábio
pode ser comparado ao mais escolado dos atores
porque entra e sai de cena no momento certo
a palavra tática pode ser aplicada ao amante
ainda que o amor nada tenha a ver com a guerra
as horas em que nós estamos juntos são de paz
horas longas com as quais eu sonho
imaginando ontem que dançávamos um tango
Clara

ps: eu hoje vou responder ao e-mail de uma brasileira
que tem um *cyber* americano — eles também estão a
quilômetros de distância

De: Clara
Para: Lilu
Assunto: Re: O que fazer?

O e-mail escolhido esta semana foi o seu, Lilu.
Segue a minha resposta depois dele.

*Foi pela internet que eu conheci o Fábio. Ele é americano
e mora em Nova York. Já eu sou carioca. Tivemos um
relacionamento romântico (sem sexo) que durou só oito
meses porque o Fábio decidiu romper, alegando que a
transa virtual não o satisfazia. Passamos então a nos
comunicar ocasionalmente. Como amigos.*
*Um dia, ele me conta que foi a uma festa e conheceu a
garota com quem ia se casar. Ao ler isso, eu quase desmaio
e uma dor aguda me obriga a deitar no chão. Percebo que
o amo ainda.*
*Passado um mês, consigo uma passagem para Nova York.
Quero conhecer o Fábio, na esperança de me decepcionar.
Consigo? Ora... fico louca de amor. Um loiro de olhos
amendoados, azuis. O meu tipo! Impossível aceitar a perda.
No meu desespero, pego o primeiro voo de volta para o
Brasil.*
*Vinte dias e o Fábio me manda um e-mail dizendo que
rompeu o noivado. Isso basta para a mais tórrida das
transas começar — e ela já dura dois anos. Porque, além
de carinhoso, ele é delicado.*
*Sei perfeitamente que ele pode sair, namorar, transar com
outra. Porém, isso não me afeta. Só o que eu quero é a
fidelidade virtual. Sou inteiramente fiel e poderia ser feliz*

*se não tivesse tanto medo de perder o Fábio, que já rompeu
comigo uma vez e foi capaz de acabar um noivado.
O que fazer?
Lilu*

Você primeiro viveu uma história romântica com o Fábio,
que se separou de você por uma razão bem plausível.
Depois ele ficou noivo, mas bastou te conhecer para acabar
com o noivado e se entregar a uma transa virtual que dura
até hoje.
O Fábio rompeu com você porque queria sexo e com a
noiva porque queria você. Ou seja, ele te ama.
Você está com a faca e o queijo na mão, Lilu, só que pode
ficar sem nada de uma hora para outra. Como ele já noivou
nos Estados Unidos, é lógico supor que pode noivar de
novo.
Se você só quiser a fidelidade virtual, poderá ter uma
surpresa desagradável. Já foi para Nova York com o
intuito de conhecer o Fábio. Por que não vai de novo com
o propósito de conversar sobre vocês? Trata-se de um bom
assunto, não acha? Conversar e transar, claro.
Em vez de viver com medo, você dá um rumo novo para a
sua vida. Ou, pelo menos, tenta. Na sua posição, eu tomaria
o avião para não correr o risco de perder um parceiro que,
além de delicado, é carinhoso.
Quem ama encontra uma solução para não se separar do
amado. O Fábio é nova-iorquino, você é carioca. Entre
vocês há um oceano, mas o oceano pode ser atravessado
para alcançar o continente do Fábio e da Lilu, que é o
continente do amor.

Nesse continente a gente não vive exilado e pode ser feliz. Garantia não há, porque nada na vida é garantido. Sobretudo a vida, que não é fogo mas se apaga. Um dia murcha, embora não seja flor.

A fidelidade virtual tem limites. Tende a ser repetitiva e pode se tornar contrária a você. O amor requer a renovação, que é a verdadeira fonte da juventude, Lilu. A recusa da mudança leva ao envelhecimento precoce. Sei disso por causa de um amigo que ficou velho aos cinquenta anos porque não parou de se repetir. Não quis abrir mão de nenhum hábito da juventude. Viveu sempre fazendo de conta que o tempo não passa. Morreu jovem de tanto andar na contramão.

Romper hábitos é uma conduta vital. Não começar a parar e não parar de começar é um bom lema, o segredo da juventude prolongada.

Não faz sentido se limitar à transa virtual quando o Fábio é o seu tipo.

Quem ama entra em cena na hora certa. Sobretudo quando se trata de "um loiro de olhos amendoados".

Faça o que é preciso para ser feliz, Lilu.

Coragem e boa sorte, ou melhor, *good luck.*

Clara

De: Sébastien
Para: Clara
Assunto: o amor depende da inspiração

com o teu último e-mail eu fui a Montmartre
a uma casa de tango onde o homem e a mulher dançavam
com o rosto inteiramente impassível
como anjos
ou como robôs no turbilhão
não era rosto, era máscara
e eu me lembrei do que você um dia me disse: "— O teu
rosto no amor é o de um dançarino de tango"
será ele mesmo assim tão bonito, tão expressivo?
os dançarinos de Montmartre não se tocavam
ou melhor, somente para que a dança se cumprisse
um não estava em busca do outro, os dois estavam para
celebrar o homem e a mulher
buscavam o que não pertence a ninguém
e se realizava através deles,
o ritual do amor
deles e da sua arte
isso me fez pensar que o amor depende da inspiração
e eu tive medo
porque me ocorreu que, de repente, ela pode faltar
quando você chega, Eva?
Sebastião

De: Clara
Para: Sébastien
Assunto: a vocação para o amor

"o amor é como a arte, e a inspiração pode faltar"
esta frase me surpreendeu e eu me detive longamente nela
o artista que tem vocação para o próprio talento suporta o
vaivém da inspiração
e nós temos vocação para o amor
somos como os dançarinos de Montmartre
queremos sobretudo que o ritual se cumpra
Clara

ps: doze dias e eu estou aí

De: Clara
Para: Sébastien
Assunto: os amantes são parceiros de sonho

além de parecidos com os artistas com os quais sonhamos,
você e eu somos parceiros de sonho
porque nenhum se deixa devorar pela realidade
nenhum valoriza desmesuradamente o que nela o contraria

quando o amante faz isso, ele esquece o amado
não celebra a sua presença, que já não é uma feliz aparição
foi talvez por isso que você me disse: "— A canoa do amor
não navega no mar do cotidiano, quebra-se"
o amor talvez seja incompatível com o casamento
tanto quanto o acerto de contas: "— Você me prometeu e
não cumpriu"
essa frase nós nunca pronunciamos
se eu por acaso chegar atrasada, você saberá me dizer:
"— Que bom que você chegou"
e eu idem
o que mais conta para nós é a presença do outro
isso nos torna leves, nos faz até levitar
o segredo da nossa resistência, da nossa errância
interminável pelas cidades é esse
C

De: Sébastien
Para: Clara
Assunto: ouvir o teu *vem*

é no teu corpo que eu quero errar
nele me perder e só ter como guia as minhas mãos
fazer você insensivelmente se abrir
tua flor se umedecer
ouvir o teu *vem* e deslizar com o meu cetro
até degustar o teu gemido, o teu *mais*
S, Sebastião

De: Clara
Para: Sébastien
Assunto: o mar e a montanha

acordei contente e fui para o computador
fiquei mais contente ainda lendo o teu e-mail
porque eu sou a cidade e a montanha
feita para você deslizar
para as tuas mãos e o teu dardo
falta só uma semana
ver o cargueiro que passa e os barcos ancorados esperando
o verão
os plátanos que já despertaram com a primavera
os olmos e os álamos
cujas folhas pela transparência evocam uma grinalda
Clara

De: Sébastien
Para: Clara
Assunto: à espera

Paris te espera, Eva
para o lusco-fusco e a cintilação
S

De: Lilu
Para: Clara
Assunto: sem medo de ser feliz

Eu, que não era feliz de medo de perder o Fábio, embarco amanhã cedo. Sem medo algum de ser feliz.
Nova York, claro. Com a certeza de entrar em cena na hora certa.
Obrigada pela sua resposta.
Lilu

De: Sébastien
Para: Clara
Assunto: o silêncio no amor

Paris vive em função do Sena como eu da tua imagem, que
há pouco ondulava na superfície da água
fixando-a, ouvi o silêncio que só a tua presença me faz ouvir
percebi que há mais de um silêncio
o do beijo
o do teu rosto no meu ombro depois
o do telefone que não toca ou o que se segue a um
telefonema seu
até o silêncio o amor faz variar
pensei isso olhando para a água do rio, que é furta-cor
de dia, verde-musgo
às vezes, cinza
à noite é o rio que ilumina a cidade
com os reflexos dos lampadários, os tantos furos de luz
S

De: Clara
Para: Sébastien
Assunto: impossível me separar

passei a manhã olhando o mar que ainda nos separa
vendo o teu corpo de púbere e o meu corpo de mulher feita,
o teu falo e a carícia até o jorro, o meu braço que te
envolvia depois
impossível me separar de você porque você me incendiou
despertando ternura
me dando a entender que eu era a mulher e a mãe
C, Clara

ps: eu estou de malas prontas

De: Sébastien
Para: Clara
Assunto: me eternizar em você

dormi muito e acordei sonhando
nós andávamos numa floresta
você apontou uma árvore vermelha e disse que era uma
árvore endiabrada
acrescentou que preferia o outono por causa dela e me
pediu que te levasse ver as grutas de Lascaux, "onde,
há dezessete mil anos, o homem de Cro-Magnon pintou
bisontes cujo vermelho é o da árvore"
acordei imaginando os bisontes e tive tanta vontade de me
eternizar em você quanto o homem de Cro-Magnon nas
grutas de Lascaux
em que voo e a que horas você chega, Eva?
S

De: Sébastien
Para: Clara
Assunto: bota a rede no mar

dormi sem o e-mail que eu esperava
ouvindo *Pescaria*, a primeira música de um CD que você
me deu
Ô canoeiro bota a rede no mar
lembro da manhã escura em que nós escutamos isso
olhando os tetos de Paris
foi no buraco do céu onde eu morava
dormi e sonhei com você a noite inteira, Eva
você se banhava nua em Ipanema
ora indo em direção à onda, deixando-se massagear pela
batida, ora vindo em direção à praia
você ia e vinha
sua pele morena cintilava
e eu Eva, de borco na areia, eu te adorava
você não sabia que eu estava, não me via
acordei de madrugada coberto de suor
ávido
querendo que você visse a espiga dourada que se levantou
me sentisse pulsar
querendo fazer do teu ventre moreno um tambor
e, sem me tocar, eu te molhei
a madrugada foi de festa no mar
passei o dia cantando *Chegou, chegou, chegou*
o verso de uma outra canção do CD que se chama
Dois de fevereiro
você me disse que ela evoca a deusa brasileira do mar

eu te amo, Eva
você é a minha Iemanjá
S

De: Sébastien
Para: Clara
Assunto: estranho

estranho
você que não me escreve e eu que sonho todo dia
esta noite foi comigo que eu sonhei
nu em Ipanema, andando sem rumo na praia
perambulando
como quem tateia um novo mundo com os pés
serve-se deles como se fossem mãos
e, não contente com isso, enfia-se na areia dizendo *Cheguei*
nu como um índio
falando português, como um brasileiro
até que você apareceu num manto e disse *vem*
antes de me envolver e me beijar, como se fosse a última
vez antes de as águas se levantarem para nos cobrir
daí, eu só vi o mar, ouvindo cada vez mais alto *Meu senhor*
dos navegantes venha me valer — uma outra canção do
mesmo CD
não sei o que o sonho significa
não sou adivinho e nem psicanalista
só sei que eu te quero como nunca
Sebastião

De: Sébastien
Para: Clara
Assunto: desassossego

três dias sem notícia
o que houve, meu amor?
atrapalhada com a partida?
tomando providências em relação à casa?
escrevendo para o jornal?
faço suposições várias e repito a palavra *calma*
mas não consigo me acalmar
é um desassossego contínuo
nem na universidade eu deixo de pensar em você, em
nós dois
chego em casa e já vou para a rua
ouvir um silêncio pesado, só ver um rio de águas turvas
nada me apazigua, Clara
telefono para o Rio e ninguém atende
três vezes
algum problema com você?
ou no trabalho?
seja qual for a razão, me escreva, Clara
ou me telefone
Sebastião

De: Sébastien
Para: Clara
Assunto: sem você eu não existo

continuo sem notícia
telefonei para o jornal e eles não souberam me dizer onde
você está
" — Clara? Não sei"
como se não fosse importante
o que eu faço, meu amor?
o que eu faço de mim?
o desassossego me mata
há dois dias que eu não posso comigo
entro, saio, subo, desço e não me acalmo
não tenho como viver sem a tua imagem, a tua carícia
e a tua voz
se não for mais possível dizer *eu te amo* eu me digo *adeus*
porque sem você eu não existo
você é o sonho que eu não havia ousado sonhar
e sem o qual eu não quero continuar acordado
será que um outro ocupa o meu lugar?
eu quero a verdade, Clara
S

De: Clara
Para: Sébastien
Assunto: inconsolável

a verdade?
ninguém ocupa o seu lugar
como pode você ter dúvidas, Sebastião?
será que nem mesmo você escapa ao ciúme?
a verdade é que eles me ceifaram os pés
meses esperando e o editor me escreve que o jornal foi
vendido e a nova direção decidiu que só haverá um
correspondente — nos Estados Unidos, claro
três articulistas foram demitidos e o suplemento cultural
sofreu corte de 50%, ou seja, minha transferência foi
anulada e o contrato atual é só para a coluna
o que faço eu, que mais nada tenho a ver com este jornal
que nada tem a ver comigo?
eu, que agora estou fadada a te perder?
estou inconsolável, Sebastião
mal consigo falar, quanto mais escrever
desde que recebi a notícia, só de dormir eu tenho vontade
há três dias eu quero me apagar
Clara

De: Clara
Para: Sébastien
Assunto: aguardando

depois de ter escrito, ouvi os três recados que você deixou
na secretária eletrônica e telefonei para a sua casa
ninguém
liguei então para a universidade
Catherine, a secretária do Departamento, atendeu e disse
que acabava de receber um e-mail seu, avisando que está
momentaneamente impossibilitado de dar aulas
"explicação alguma", comentou ela desorientada
sugeri que ligasse para a casa da sua filha e pedisse à
Marina que fosse até o prédio onde você mora
ousei fazer isso por saber que a menina te adora
dei o meu e-mail para a Catherine e fiquei à espera
onde está você, Sebastião?
C

De: Catherine
Para: Clara
Assunto: à procura do professor

Fiz o que a senhora sugeriu. Telefonei para a casa da
Marina. Havia na secretária uma mensagem dizendo que ela
está fora da cidade. Liguei então para a esposa do professor
Sébastien, Dona Claude, que eu nunca vi mas conheço.
Todo mês, assim que ele recebe o salário, eu mando a ela
um cheque para o aluguel. Quando atrasa, ela me telefona.
Falei do e-mail que o professor me enviou e ela vai até o
prédio onde ele mora, pois o zelador supostamente tem
a chave.
Catherine

De: Claude
Para: Clara
Assunto: o meu Sébastien não é o seu

Não a conheço, mas sei que você é a autora dos e-mails que eu encontrei na casa do meu marido. Já ele... não é o seu destinatário. Como reconhecer no homem que você chama de Adão a pessoa com quem eu vivi?
O Sébastien não aceitaria passar por um simulacro de quem quer que fosse. Deixar-se tomar por um outro? Nunca. Encarnar diferentes personagens? Não era ator e eu aliás jamais teria me casado com um. Falar de si próprio como de um travesti perdido na noite? Ou como de um bissexual? Seria negar a virilidade.
O meu marido também não era de sonhar acordado. Nem dormindo ele sonhava. E, se ele acaso sonhasse, não contaria o sonho. Inclusive porque isso não me interessava, ou melhor, não nos interessava.
Ele jamais foi de se perder na cidade. De casa para o trabalho e do trabalho para casa. E, se assim não fosse, nós não teríamos ficado vinte anos juntos.
O que devo eu pensar dos seus tantos e-mails? Não sei, pois eu não me casei com um homem cuja personalidade é dupla. O que eu sei, Clara, é que o trabalho é sagrado e você não deve mais telefonar para a universidade. Além de inoportuno, é inútil. Porque o meu Sébastien não é o seu.
Claude

De: Catherine
Para: Clara
Assunto: Paris/Rio/Paris

Segue o e-mail que a esposa do professor me enviou.
Na residência do Sébastien, a roupa está em desalinho, a secretária eletrônica pisca incessantemente e eu encontrei o recibo de uma passagem Paris/Rio/Paris. O dia da viagem não figura no recibo.
Por outro lado, Catherine, o cheque que você me enviou com a data da semana passada só chegou hoje. Postagem atrasada ou greve do correio?
Claude

De: Sebastião
Para: Catherine
Assunto: Sebastião enfim

estou no Rio de Janeiro, Catherine
na cidade do Redentor
depois da Páscoa eu retomo as aulas e reponho as que não
dei depois da ressurreição, do batismo nas águas
cálidas do Brasil
até breve, até Paris
Sébastien, ou melhor, Sebastião

POSFÁCIO

Claudio Willer

A reunião em um só volume de três títulos de Betty Milan — *O sexophuro*, *A paixão de Lia* e *O amante brasileiro* — vem mostrar que, sendo obras autônomas, formalmente distintas, que contam histórias bem diferentes, podem ser lidas como uma só narrativa: não linear e fragmentária, mas com um fio condutor. Partilham a qualidade já observada por Haquira Osakabe a propósito de *O amante brasileiro*: "a leveza e musicalidade mais próximas da poesia". Corroboram a afirmação desse estudioso, de que "o amor, suas armadilhas, seus desdobramentos, na verdade, são o tema mais constante dessa autora". Mas não se trata apenas de amor, nessas três narrativas e no restante da obra de Betty Milan, porém de erotismo; e das complexas relações entre palavra e corpo; em especial da palavra transfigurada pela poesia, e o corpo transformado em linguagem pela ritualização do erotismo.

A comparação dessas narrativas mostra as particularidades de cada uma; e também sincronias, pontos de contato, relações de continuidade. Basta o leitor imaginar que as três protagonistas, apresentadas na terceira pessoa, são a mesma, e algo de *O sexophuro* parecerá antecipar *A paixão de Lia* e *O amante brasileiro*. Esses relatos, por sua vez, refletem sobre questões já apresentadas em *O sexophuro*, retomando-as: etapas da mesma aventura intelectual e existencial.

Lidas desse modo, as narrativas passam a ter algo de permutacional. Constituem, em seu conjunto, um painel que pode ser mais bem entendido pensando-se no *I Ching*, o arcaico jogo chinês das mutações (do século VI a.C., ou antes há uma dúvida insolúvel: se o *I Ching* é uma expressão do taoísmo, ou se essa doutrina deriva da visão de mundo que norteia esse oráculo). No *I Ching*, os trigramas, conjuntos de três linhas, são de duas categorias. Aqueles com predomínio de linhas fechadas, que correspondem a números ímpares, são *yang*, "ativos", "masculinos", solares e diurnos; e aqueles com predomínio de linhas abertas, que correspondem a números pares, são *yin*, "passivos", "femininos", lunares e noturnos. Suas combinações, reunindo pares de trigramas, possibilitam 64 hexagramas; e cada um deles conta uma história, assim revelando algo através de permutas e combinações. O que importa: sob a regência do pensamento analógico, cada uma dessas possibilidades implica seu contrário e remete a ele. Por isso, na série apresentada nesse livro das mutações, cada hexagrama é seguido por seu oposto, com a distribuição inversa das linhas, e cada uma das histórias supõe seu contrário: um enredo feliz, auspicioso, terminará em desastre; outro, desastroso, terminará de modo feliz; perdas resultarão em ganhos, derrotas em vitórias e vice-versa. O último dos hexagramas, de número 64, é o símbolo, não de um final, mas de um recomeço. É, portanto, caso particular do que já foi denominado de "teoria de contrários", da qual uma das expressões é a afirmação de William Blake em *O Casamento do Céu e do Inferno*: "Não há progresso sem Contrários.

Atração e Repulsão, Razão e Energia, Amor e Ódio são necessários à existência Humana."

Lendo as três obras desse modo, como série e jogo de antinomias, *O sexophuro* passa a valer não apenas em si, mas como prólogo e antecipação. Trata do vazio, da lacuna, da ausência durante "um convívio harmonioso, em que o amor era o da paz e o sexo semanal, o corpo na ordem do dever, da inexistência, da falha e da falta, com o homem de pedra forjado num 'silêncio omisso'"; um homem em quem "ela via agora uma muralha trincada, nunca a baía serena que tanto imaginara". Relato de uma perda e de um estado de inação, começa onde narrativas terminam: o trecho inicial parece um epílogo, pois fala do que acabou e não é mais, sem ter chegado a ser plenamente. O sexo é equiparado à alienação e associado à morte, à completa anulação: "Nesse corpo ele durante anos se afundou e ela se alienou. Tanto que para se livrar da sua paixão chegou a imaginar suicídios vários, enforcar-se no quintal, cortar as artérias do pé, uma fantasia que a tomava de supetão entre um amor e outro." O mundo do erótico, do gozo como fim em si, está longe. Entrevisto de relance, pode estar em cenas de um passado distante, diametralmente opostas à vida da protagonista: na zona, na "rua das putas". É o "cenário onde todo gozo se podia e não havia interdição"; e que será descortinado em outro registro, em *A paixão de Lia*.

Mas — este é o final e a conclusão de *O sexophuro* — a palavra também é um corpo, é vida: "urgência daquele dito que jorrava, à escuta de si, sob o comando imperativo da palavra". Há uma linguagem matricial, que precede e engendra a realidade: "a língua materna, ocasião do gozo primeiro, o de ser entre os outros um, o dizer resgatando o ser do não". Por isso, *O sexophuro* termina em um paradoxo: com sua protagonista anunciando que vai escrever, como se já não o houvesse feito nas páginas precedentes. Substituindo a infidelidade conjugal, a fidelidade à escrita, para assim recuperar ou refazer magicamente "o passado na dispersão das cenas, corrimãos do dito onde a palavra impossível outrora deslizava". É como se anunciasse que, em busca dessa "palavra de outrora", irá criar *A paixão de Lia* e *O amante brasileiro* e também *O papagaio e o doutor*, *O clarão*, *Paris não acaba nunca*, *Quando Paris cintila*, *Fale com ela*, *Consolação*... Das narrativas de Betty Milan, *O papagaio e o doutor*, escrita cerca de dez anos depois de *O sexophuro*, termina com sinal trocado, mão de direção invertida, com uma proclamação em favor de Eros, uma afirmação do corpo. Não há contradição: as duas obras registram uma dinâmica, o movimento entre essas duas esferas contrastantes, do corpóreo e do simbólico.

Declarado em *O sexophuro*, o propósito de escrever cumpre-se em *A paixão de Lia*, obra mais extensa, com uma escrita menos condensada e contraída. Tudo o que não acontece em *O sexophuro* passa a acontecer em *A paixão de Lia*. Uma narrativa é o reverso da outra: hexagramas complementares. Livro da expansão da palavra e também do erotismo: com um amante oriental, em um bordel com um cliente chinês, como oficiante de um rito em Lesbos, com um companheiro com quem terá um filho. Principalmente, é o livro do refazer-se, ao recuperar a dimensão lúdica e a disponibilidade da adolescência. Encontrar o outro, os outros, é reencontrar-se; por isso, tantos personagens-anagrama, mutações do mesmo nome: Lia, Ali, Li, Laio, Dali, Lídia, reflexos multiplicados no bordel que é um jogo de espelhos. Amantes múltiplos, variações do mesmo. Um deles é Li, parte de Lia: signo e metonímia (troca do todo pela parte). O primeiro amante, Ali, seu avesso, assim como a imagem no espelho inverte quem é refletido, em uma relação equivalente ao sonho: "O amante, quando? O que, no meu sonho, Ali se chama." O sonho desconhece a contradição: "Uma mesma voz melíflua para dizer *sim* ou até *não*" — ou sim *e* não, a conjuntiva no lugar da disjuntiva: analogia, ruptura do princípio da identidade e não contradição, base do pensar discursivo.

Mas, entre o um e o outro, entre este e aquele, as sincronias e antinomias, separações e aproximações, o que existe? Muita coisa, pois este é o livro da criação ou recriação do mundo: "Quem prescinde do faz de conta? Nem os personagens, nem os homens e nem os deuses." Se o erótico e o verbal são distintos, separados, então *A paixão de Lia* quer promover seu encontro. Vicente Huidobro já havia afirmado que o poeta é um pequeno deus, como o demiurgo platônico; para o poeta chileno, assim como para Betty Milan, a poesia instaura realidades, cria mundos. Por isso, *A paixão de Lia* é tão impregnado de referências literárias. Relê e reinterpreta a literatura erótica: frequentar um bordel é percorrer o castelo de orgias de *Histoire d'O*, livro escrito sob o ponto de vista de uma mulher. Recorre à mediação fundamental, a palavra poética: ir a Lesbos é lembrar a origem da lírica; e também as *Chansons de Bilitis,* de Pierre Louys, e o Baudelaire mais lírico e passional (inicialmente, o poeta havia escolhido *Les lesbiennes*, as lésbicas, como título do que viria a ser *As flores do mal* e *Lesbos*, um dos poemas censurados na edição de 1857, celebra o amor livre).

Assim, Betty Milan dá razão a Octavio Paz, quando este afirma, em *A outra voz*, que "a relação da poesia com a linguagem é semelhante à do erotismo com a sexualidade". Para o filho que um dia terá — nisso também invertendo *O sexophuro*, no qual perde um filho — Lia contará as peripécias do *Dom Quixote* e as histórias de *As mil e uma noites*. Mas há uma diferença com relação a esse corpus literário: desta vez é uma mulher que está no centro: é narradora, protagonista e autora; é sujeito integral.

A paixão de Lia, sendo poética, também é musical: na poesia arcaica, a lira de Orfeu era indispensável. Lia ouve "o alaúde, a flauta ou o violão, algum instrumento que a transporta para um sítio longínquo, sonhado". Menciona Billie Holiday, Edith Piaf e o tango — música que possibilita a mais hierática das danças, para acentuar que o erotismo é um ritual ou cerimonial: "Ser como a egípcia antiga que se apresentava com uma ânfora de barro numa bandeja de cobre."

Em *O amante brasileiro*, a música volta à cena, em um momento decisivo: aquele da revelação de "quando e onde meu desejo se tornou imperativo"; novamente o tango significará que o amor é um ritual. E os amantes, o francês e a brasileira, também ouvem Gilberto Gil no Olympia, simbolizando um encontro de pessoas e de culturas: "não fosse a música, eu não teria me entregado a este amor que faz a vida valer".

A paixão de Lia é sobre erotismo; e também sobre o restante: o mundo, o corpo e a palavra, a poesia. É o descerrar-se do possível, dos avanços rumo ao desconhecido, "ao Fugitivo, onde tomando o desconhecido pelo homem que eu espero eu terei a ilusão de ser amada". Assim como *O amante brasileiro*, é escrita da aproximação, da conjunção em vez da disjunção. E da metamorfose: um pode ser outro, e pode ser todos: Lia, Dali, Laio, Li são "os semblantes e os corpos e a imersão no espaço sideral" — unidades que se integram, rompendo limites, anulando o tempo: "o meu tempo é então o do sêmen escorrido na virilha". Transgridem a separação entre os sexos em Lesbos, e a própria vida no episódio do suicida, pois Lia quer superar uma antinomia fundamental, entre vida e morte, para "poder morrer na hora em que eu determinar" (antecipando a defesa do direito de dar fim à vida com que inicia o romance *Consolação*) para alcançar a liberdade e ultrapassar a contingência, o próprio tempo: "não quer barganha com o Tempo e não se ajoelha em nenhum altar confirmado".

Em *O sexophuro*, a protagonista anuncia que vai falar, vai escrever. Em *A paixão de Lia*, termina narrando, como se narrar equivalesse a amar, e o amor existisse quando se consegue falar, dizer algo. *O amante brasileiro* resulta dessa equivalência ou relação indispensável entre amar e dizer. O mais extenso dos livros da série; o mais verbal, conta uma história na sequência temporal, com início, meio e fim. Em sua peculiar estrutura de romance epistolar, gênero anacrônico, porém aqui modernizado através do meio digital, relata o que dizem seus protagonistas, Clara e Sébastien. É escrita sobre escritas, sobre aquilo que os personagens — os principais e também os secundários, os interlocutores e consulentes de Clara — contam. O que se passa entre Sébastien e Clara articula-se a um sem-número de outras histórias. Além da presença de Claude, "uma mulher que não escutava nada, nem mesmo o que ela dizia", contraponto a tudo o que os amantes têm a dizer-se e a ouvir/ler um do outro, há os e-mails dos leitores de Clara: jornalista, recebe e responde mensagens através de uma seção que lembra *Miss Lonelyhearts* de Nathanael West, mas sem fraude (no livro de West, é um homem que se faz passar por conselheira sentimental). A ficção antecipa a atuação de Betty Milan na seção "Fale com ela" na *Revista da Folha* do jornal *Folha de S. Paulo* (que originou o livro com o mesmo título) e subsequentemente em "Consultório Sentimental" na revista *Veja*, em www.veja. com: passagens de *O amante brasileiro* foram escritas como se a autora adivinhasse as mensagens que viria a receber.

Amor realizado é amor escrito; daí *O amante brasileiro* ser mais literário ainda que *A paixão de Lia*, no modo como introduz outros autores. Inicia-se com referências a *Romeu e Julieta*, segue com Henry Miller perambulando por uma Paris convertida em mapa erótico, passa por citações de Octavio Paz em *A dupla chama*, seu ensaio sobre amor e erotismo: "o amor é uma aposta extravagante na liberdade", frase que poderia ser uma epígrafe de *A paixão de Lia*. Seus protagonistas sentem-se retratados ou antecipados pela escrita. Percorrem relatos sobre o amor ao longo dos tempos, desde Orfeu, passando por Tristão e Isolda, Romeu e Julieta, pelos trovadores provençais, pelo mito negativo de Don Juan, tecendo os fios de uma história que irá chegar até eles.

Se, em *A paixão de Lia*, os personagens, metamorfoses do mesmo, são anagramas ou têm nomes intercambiáveis, em *O amante brasileiro* mudam de nome. Rebatizam-se logo no início: Clara também é Eva, e Sébastien é Adão. E o francês amante é um amante brasileiro. Sendo quem é, pode ser outro, através do "incêndio de que você foi a causa", que faz pessoas irem além de si e transforma o mundo: "quando você aparece, na casa ou na rua, você suspende a realidade". E o tempo: "o tempo então já não é o mesmo / porque eu tenho a ilusão de que sou eterna / de que já não estou sujeita à arbitrariedade da vida e da morte".

Assim, onde em *A paixão de Lia* a protagonista se desdobra em alter egos e interlocutores imaginários, em *O amante brasileiro* os protagonistas afirmam que são reais, "pois eu já não posso te tomar por outro". Os demais personagens também são "reais" — evidentemente, são invenções ficcionais, porém autônomos, e não metamorfoses da protagonista: Lola, Laís, Verônica, Roberta, Paulo, Lilu. E, percebe-se hoje, acabam por assemelhar-se, com seus episódios estranhos e situações insólitas, à gente de verdade que viria a emergir nas seções "Fale com ela" e "Consultório Sentimental". Há novas permutações, jogos de contrastes; por exemplo, entre Lola e Marcelo, seu Narciso, interlocutor na web que foge do encontro, ao contrário de Clara e Sébastien, empenhados em encontrar-se.

O conjunto de narrativas, multiplicando-se em tantos enredos, retoma a seu modo um dos capítulos de *A dupla chama* de Octavio Paz, sobre o amor cortês, aquele dos trovadores pela inalcançável esposa de um senhor feudal. Separados, Clara e Sébastien sentem-se provençais contemporâneos: "eu agora entendo por que, na Andaluzia, os emires se declaravam escravos de suas amantes / por que os poetas provençais imitando os andaluzes inverteram a relação tradicional entre os sexos e se disseram servidores de suas damas, que eles chamavam de suseranas". Por isso, trocam poemas e mais poemas através de e-mails. Em sua forma mais sublimada, por isso sublime, o amor cortês é um ritual realizado através da poesia, e não necessariamente do encontro físico. Promove a troca de papéis, do lugar do homem e da mulher na hierárquica sociedade feudal o apaixonado passa a ser um servidor, e a mulher amada sua senhora, levando Sébastien a observar: "só quem nunca viveu o contentamento que o amor propicia não entende a inversão".

Porém, mais que sublimação, o amor é erotismo partilhado: "protegidos pela muralha milenar, nós rememoraremos o culto de Afrodite". Perto do final da narrativa, há uma afirmação de Clara: "o mundo mudou". Na verdade, foi ela quem mudou "eu mudei a meus olhos / eu me vejo de outra maneira". Por isso, pode reviver personagens históricos e literários que se moveram pelo mundo e ao longo do tempo: "Paris, Bordeaux ou o Rio / e por que não a Grécia, Eva?/ Delfos, para olhar o Parnaso". Alguns dos roteiros que, realizados, resultariam nas crônicas de viagem publicadas em *Quando Paris cintila*.

O final de *O amante brasileiro* relaciona-se aos mitos fundamentais que falam do amor, especialmente o de Orfeu. O patrono dos poetas é Sébastien, que, depois de haver escrito tanta poesia lírica em seus e-mails, supera a barreira do espaço; metaforicamente, supera o tempo e a morte. Mas com uma diferença fundamental, em mais uma inversão: no mito, Orfeu desce aos infernos e, para resgatar Eurídice, promove metamorfoses através de sua lira, imobilizando as criaturas infernais. Continua o mesmo, e quem se transforma ao longo das etapas do resgate — de morta em viva e novamente em morta — é Eurídice. Já neste livro, é Sébastien quem muda: viaja, não ao inferno, mas ao paraíso, local de celebração pagã; e, de europeu, passa a ser verdadeiramente o amante brasileiro.

Encerra-se aí a história desses amantes? Certamente não: o final de *O amante brasileiro* é abrupto e por isso aberto. A protagonista, a mesma — anônima em *O sexophuro*, depois Lia, Clara, Eva — continuará a viajar, a metamorfosear-se e a amar, no centro de uma constelação feita de signos em rotação.

AGRADECIMENTOS

A Leyla Perrone-Moisés e a Boris Schnaiderman, por terem decifrado o que estava na primeira versão de *O sexophuro* e eu não sabia.

A Mirian Paglia Costa, por ter dito as palavras de que eu precisava para me separar de *O papagaio e o doutor* e escrever *A paixão de Lia*. Por um tão oportuno *escreve outro*.

Este livro foi composto na tipologia Times, em
corpo 12/16,3, e impresso em papel off-white 80g/m2,
no Sistema Cameron da Divisão Gráfica
da Distribuidora Record.